오늘의 의뢰: 너만 아는 비밀

오늘의 의뢰:
너만 아는 비밀

김성민 장편소설

창비

차례

오늘의 의뢰: 너만 아는 비밀
007

작가의 말
260

1

밤 12시가 되자 해결 사이트 공지란이 깜박거렸다. '오늘의 의뢰'라는 글이 올라옴과 동시에 채팅방은 활기를 띠었다.

✢ 오늘의 의뢰　　　　　　　　　　　　　　　의뢰자: 파이어맨

명문 고등학교 2학년 3반 이진성. 사진 같이 올려요. 5월 3일이 중간고사인데 이날 얘가 시험을 망치게 해 주세요. 얘가 입학하고 쭉 전교 1등이었거든요? 무슨 방법이든 상관없으니 이번에 전교 1등만 못 하게 해 주시면 돼요. 아침에 지각을 하든, 설사병이 나서 화장실에 처박혀 있든……. 결과적으로 전교 1등만 못 하면 약속 이행한 것으로 인정합니다. 공부 좀 한다고 거

들먹거리는 꼴 더 못 보겠어서 그래요. 매번 시험 치고 나면 기고만장해서는, 다른 친구들 무시하고 진짜 장난 아니에요. 성격 완전 별로인데, 선생님들도 공부 좀 잘한다고 차별해요. 마음 같아서는 완전 시험 폭망했으면 좋겠지만 갑자기 그렇게는 안 될 거고, 이번에 1등이라도 못 하면 좀 정신 차릴 것 같아요. 제발, 도와주세요.

회귀용사 사진 보니까 인성이 보이네. 딱 봐도 재수 없게 생겼어.
파파라테 그러게? 근데 어떻게 시험을 망하게 하냐? 지가 지 머리로 치는 건데?
구리스마스 일단 시험을 치면 방법이 없으니까 못 치게 해야 하는 거 아니야?
회귀용사 근데 시험을 못 쳐서 등수가 떨어지면 의미가 없는 거 아니야? 정신 차리게 하고 싶으면 시험을 치고도 점수가 안 나와야지, 못 쳐서 등수가 내려가면 어쩔 수 없었다고 별로 정신 안 차릴 것 같은데?
A19453 그게 무슨 상관이야. 의뢰자가 방법 상관없다잖아. 어쨌든 등수만 내려가면 된다고.
구리스마스 그래. 의뢰자가 됐다면 된 거지. 그래서? 누가 할 거야?

회귀용사 난 안 돼. 아침에 움직여야 할 텐데 그 시간에 바빠.

파파라테 오? 너 급식이구나? 그래. 학교 열심히 다녀야지.

회귀용사 지랄. 딱 보니 넌 백수구나?

파파라테 죽고 싶냐?

오즈의마법사 시끄럽고, 그래서 누가 할 거야?

회귀용사 간만에 주인장이 나서 보지그래?

오즈의마법사 이번은 안 되겠어. 다음 주에 좀 바빠서.

LOVE X 내가 할게.

구리스마스 임자가 나타나셨네.

오즈의마법사 LOVE X? 처음 보는 아이디네? 규칙은 잘 알지? 약속 못 지키면 영원히 사이트 이용 금지. 성실하게 이행한 것 확인되면 다음으로 의뢰할 자격이 생깁니다.

LOVE X 알고 있어.

파파라테 그럼 끝났네?

'오늘의 의뢰'란에 깜박이던 불이 꺼지더니, '마감'이라는 꼬리표가 덧붙여졌다.

A19453 끝.

구리스마스 나도 안녕.

오즈의마법사　오늘 건은 싱겁네.

파파라테　이제 자야지.

볼일이 다 끝났다는 듯 채팅방은 고요해졌다. 말 한마디 없이 지켜보던 많은 사람들은 들어올 때와 마찬가지로 조용히 사라졌다.

'왜 안 나오는 거야?'

진성은 컴퓨터용 사인펜으로 시험지 한구석을 박박 긁었다. 하지만 잉크가 말라붙은 듯 나오지 않았다. 안절부절못하는 진성을 보고 시험 감독 중이던 수학 선생님이 물었다.

"이진성. 무슨 일이야?"

"저, 저기."

"뭐?"

수학 선생님이 눈을 치켜떴다.

"컴퓨터용 사인펜이 안 나와요."

진성이 기어들어 가는 목소리로 말했다. 수학 선생님은 혀를 차며 책상 서랍에서 수성 사인펜을 하나 꺼냈다.

"잘한다. 시험 친다는 녀석이 기본적인 것도 준비 안 하고."

"분명히 나왔었는데…….'

"나왔는데, 누가 바꿔치기라도 했겠냐?"

수학 선생님은 진성의 머리를 쥐어박는 시늉을 하고 새 수성 사인펜을 건네주었다. 교실은 고요했고 다른 아이들이 힐끔힐끔 진성을 쳐다보았다. 진성의 등 뒤로 식은땀이 흘렀다.

'아, 오늘 대체 왜 이러지?'

아침부터 엉망진창인 날이었다. 등교하려고 보니 엄마 차 바퀴에 모두 펑크가 나 있었다. 부랴부랴 택시를 잡아타고 겨우 지각을 면했지만 학교에 도착해 보니 더 가관이었다. 누군가 자신의 사물함에 우유를 쏟아 놓은 바람에 교과서며 체육복이 엉망이 되어 있었던 것이다. 사태를 확인한 담임 선생님이 소리를 치며 누구 짓인지를 따져 물었지만, 아이들은 어리둥절해하며 서로 얼굴만 쳐다볼 뿐이었다.

결국 아무것도 해결하지 못한 채 1교시 시험이 시작되었다. 진성은 쿵쿵대는 심장을 다독이며 시험에 집중하려고 노력했다. 겨우 문제를 풀고 마킹을 하려는데 이번에는 수성 사인펜이 나오지 않았다. 늘 쓰던 것이고, 어제 확인도 분명히 했다. 정말이지 미치고 팔짝 뛸 노릇이었다.

수학 선생님께 사인펜을 받은 진성은 마음을 애써 추슬렀다. 일단 시험을 마치는 게 먼저였다. 신경을 곤두세우고 마킹을 시작했지만 자꾸 손이 떨렸다. 결국 마킹을 잘못해서 두 번이나 답안지를 바꿨다. 제대로 했는지 확인도 못 했는데 종이 치는 바람에 답안지를 그대로 내야 했다.

무슨 '마'라도 낀 것 같았다. 진성은 정신을 차리기 위해 자리에서 일어나 화장실로 갔다. 찬물로 세수를 하고 숨을 깊이 들이쉬었다 내쉬었다.

진성이 교실로 돌아온 뒤, 곧 2교시 시험이 시작되었다. 시험지를 받아 한창 풀고 있는데 이번에는 고막이 찢어질 듯한 소리가 교실에 울려 퍼졌다. 시험을 보던 아이들이 하나둘 고개를 들고 주위를 두리번거렸다.

"이게 무슨 소리야!"

감독 중이던 국어 선생님이 소리쳤다. 진성도 인상을 쓰며 주변을 둘러보았다. 그런데, 그 소음이 너무 가까이에서 들렸다.

'내 가방?'

그 사실을 자각함과 동시에, 아이들의 시선이 일제히 진성에게 모였다.

"이진성, 가방에 뭐야?"

어느새 옆으로 다가온 국어 선생님이 진성의 가방을 열어 젖혔다. 가방 안에는 작은 전자시계가 들어 있었다. 시계를 꺼내자 소리가 더 커졌다. 선생님은 거친 손길로 시계에서 건전지를 빼냈다. 비로소 소리가 멈추며 교실이 고요해졌다.

"전자 제품은 시험 시작하기 전에 다 내는 거 몰라? 이게 왜 가방에 들어 있어?"

진성은 아무 대답도 할 수 없었다. 누군가 대신 대답해 주기를 바라며 주위를 두리번거렸지만, 눈이 마주친 아이들의 표정에는 하나같이 짜증이 가득했다. 머릿속이 새하얘졌다.

딱 한 명, 소란에 신경 쓰지 않는 사람이 있긴 했다. 교실 구석에 앉은 아이였는데 주위 한번 돌아보지 않고 시험지에 코를 박고 있었다. 하지만 이상하게도 그 애의 이름이 생각나지 않았다. 생각나는 것이라고는 그가 입학 이래 자신에게 밀려 단 한 번도 전교 1등을 해 본 적이 없는, 명문 고등학교 만년 2등이라는 것뿐이었다. 그 아이의 어깨가 보일 듯 말 듯 들썩거려서 진성은 그 애가 웃음을 참고 있는 것 같다는 생각을 했다.

2

"해민아, 뭐 해?"

엄마의 목소리와 함께 방문이 벌컥 열렸다.

"아우, 깜짝이야. 제발 노크 좀."

침대에 엎드려 책을 읽던 해민이가 입을 삐죽 내밀었다.

"너, 2층에 반찬 좀 가져다드려라."

2층? 해민이는 정신이 번쩍 들었다.

"나 지금 바쁜데? 엄마가 가면 안 돼요?"

"책 읽고 있으면서 바쁘긴 뭐가 바빠. 빨리 갔다 와서 봐."

엄마는 그대로 휙 나가 버렸다. 아우, 왜 하필. 해민이는 미적거리며 일어나 마당으로 걸어 나갔다. 좁은 마당을 예닐곱 걸음만 걸으면 바로 가게 뒷문이 나온다. 원래는 집 창고

였던 것을 큰길 쪽으로 문을 내서 만든 가게였다. 해민이가 가게에 들어서자마자 엄마는 '엄마손 반찬'이라는 로고가 찍힌 비닐봉지를 내밀었다. 봉지에는 플라스틱 통에 포장된 반찬들이 들어 있었다.

"한번 맛보시라고 말씀드려. 명색이 반찬 가게인데 좀 가져다드린다는 게 너무 늦어 버렸네. 가서 뭐 불편한 거 없으신지도 여쭈어보고. 예의 바르게 인사 잘해야 한다?"

해민이는 '네' 하고 부루퉁하게 대답하고 가게 앞문을 통해 밖으로 나왔다. 벽을 따라 돌자 2층으로 이어지는 계단이 나왔다.

'아, 이게 뭐야. 창피하게.'

심부름을 하기 싫은 게 아니다. 목적지가 마음에 안 들 뿐. 2층에는 같은 학교 남학생 강도경이 산다.

도경이 가족은 지난주 주말, 해민이네 집 2층으로 이사를 왔다. 세를 놓은 2층이 통 나가질 않아 걱정하던 엄마는 방이 나가자 날아갈 듯 기뻐했다. 그리고 새 식구가 이사 오기를 기다리며 이러쿵저러쿵 말들을 늘어놓았다.

"엄마랑 중학생 아들, 단둘이 산다더라. 아빠 이야기는 안 하길래 나도 안 물어봤어. 그 집 아들이 너랑 동갑이고 학교도 같은 데로 전학 온다는 것 같더라? 네가 이것저것 좀 챙겨 주고 그래."

이 말을 들을 때만 해도 그런가 보다 하고 넘겼다. 마침내 이사 당일, 이삿짐과 함께 2층 가족이 도착했다. 해민이는 엄마의 성화에 가게 앞까지 불려 나와 인사를 했다. 그리고 엄마 뒤로 물러나 이사 온 가족을 살폈다. 자신을 '강도경'이라 밝힌 그 집 아들은 해민이와 엄마를 향해 꾸벅 인사를 하고, 말없이 이사를 도왔다. 윗집 아주머니가 바쁘게 오르내리며 이사를 지휘하는 동안, 도경이는 이삿짐센터 아저씨들 마실 것을 챙기고 잔심부름을 했다.

엄마는 도와줄 것이 없냐며 분주히 가게와 2층을 오갔지만 사실상 별 도움은 되지 못한 채, 가족끼리 서로 챙기는 게 보기 좋다는 둥 아들이 저리 잘생겼는데 어른스러우니 인기가 참 많겠다는 둥 쓸데없는 이야기로 주책을 떨었다.

'아, 엄마. 좀.'

해민이는 그런 엄마의 모습에 얼굴이 화끈거렸다. 이윽고 이사를 마친 2층 아주머니가 도경이와 가게에 들렀다.

"앞으로 잘 부탁드려요."

아주머니와 엄마의 대화는 화기애애한 분위기 속에서 끝없이 이어졌다.

'누가 보면 원래 아는 사이인 줄 알겠네.'

엄마는 그렇다 치고, 좀 새침해 보이던 2층 아주머니도 한 번 말문이 터지니 만만치 않았다. 하지만 약속이나 한 듯, 두 사람의 대화에서는 서로의 남편에 대한 이야기가 단 한 번도 나오지 않았다.

 해민이는 가게 한쪽에서 엄마를 기다리고 서 있는 도경이에게 눈을 돌렸다. 큰 키에 단정하게 자른 머리, 반듯한 자세가 꼭 교육청에서 나누어 주는 책자 속 표지 모델 같았다.

 '예의는 바른데 붙임성은 별로 없나 보네. 같은 학교로 온다고? 말이라도 걸어 볼까?'

 그때 도경이가 이쪽을 쳐다보았다. 해민이는 자기도 모르게 고개를 홱 돌렸다. 해민이는 그 일이 두고두고 후회가 되었다. 도경이와 아주머니가 돌아가고 난 뒤에도 계속 찝찝했다. '이사 와서 어색할 텐데 먼저 말이라도 걸어 줄 걸 그랬나? 날 좀 싸가지 없는 애로 생각하는 건 아닐까? 아까 그냥 안녕 하고 인사하는 건데.'

 물론 그 뒤로도 인사할 기회는 있었다. 며칠 뒤 쉬는 시간, 복도에서 도경이를 딱 마주친 것이다. 하지만 할 말을 찾지 못하고 굳어 있는 사이에 도경이는 해민이 옆을 그대로 지나쳐 갔다. 눈이 멀지 않고서야 자신을 못 봤을 리 없다. 강도경 역시 자신을 어색해하고 있는 거였다.

그리고 지금, 해민이는 반찬 봉투를 들고 2층 계단 앞에 서 있었다. 이럴 줄 알았으면 진작 인사를 트는 건데. 후회를 해 봐야 이미 늦었다. 계단을 오르기 전, 가게 앞에 주차된 차 창문을 힐끗 보았다. 추리닝을 입고 질끈 묶은 머리에 커다란 뿔테 안경을 쓴 아이가 비쳐 보였다.

'그냥 가자. 본다고 뭐가 변하냐.'

반찬 봉투를 들여다보니 코다리조림, 더덕무침, 소고기장조림이 들어 있었다.

'오, 울 엄마. 비싼 것만 골라 담았잖아?'

어깨에 힘이 좀 들어갔다. 그래. 민망하긴 하지만 엄마 심부름 가는 건데 뭐 어때. 문 두드리고, 예의 바르게 인사하고, 이거 드시라고 하면 되지. 만약에 도경이가 나오면? 이참에 앞으로는 인사 좀 하고 지내자고 말하고.

씩씩하게 계단을 올라 2층 현관문 앞에 멈춘 뒤 크게 숨을 들이쉰 다음 노크를 하려고 손을 들어 올린 그때,

"그만하세요!"

집 안에서 고함 소리가 흘러나왔다. 도경이의 목소리였다. 해민이는 멈칫했다. 2층 아주머니의 흐느낌이 이어지고, 처음 듣는 남자 어른의 굵은 목소리가 들렸다.

"도경이 너, 후회하지 않을 자신 있어?"

몸이 절로 움츠러들었다.

'지금은 안 되겠다.'

잘은 모르지만 지금이 반찬 따위를 건넬 때가 아닌 것은 확실했다. 숨을 죽이고 천천히 몸을 돌렸다. 하필 그때, 내디딘 발에 뭔가가 채였다.

쨍그랑.

아래를 살펴보니 깨진 화분이 널브러져 있었다. 으아, 젠장! 그때 집 안에서 날카로운 목소리가 들렸다.

"누구세요?"

해민이는 그 자리에 얼어붙었다. 오도 가도 못 하는 사이에 벌컥 문이 열렸다. 도경이가 굳은 얼굴을 내밀었다.

"어, 그, 저……. 안녕?"

계란프라이만큼 커진 눈으로 자신을 쳐다보는 도경이에게 얼른 봉투를 건넸다.

"저기, 이거. 우리 엄마가 갖다주래서."

도경이는 해민이와 반찬 봉투를 번갈아 쳐다보았다.

"이거, 반찬이야. 먹어 봐. 우리 엄마 반찬 맛있어."

입에서 나오는 대로, 아무 말이나 해 댔다. 그리고 정말 일부러 보려고 한 것이 아니지만, 열린 문 사이로 누군가의 뒷모습이 보였다. 큰 키에 떡 벌어진 어깨. 아까 흘러나온 굵은 목소리의 주인인 것 같았다. 도경이는 눈을 내리깔고 손을 뻗어 봉투를 받았다. 붉게 달아오른 귀가 해민이 눈에 들어왔다.

"고맙다고 전해 드려."

무슨 말을 더 하기도 전에 쿵 하고 문이 닫혔다. 해민이는 어디로 가야 할지 모르는 사람처럼 우왕좌왕하다가 계단 쪽으로 몸을 돌렸다.

'아오, 이 멍청아.'

계단을 내려오며 머리를 쥐어박았다. 후다닥 가게 문을 열고 들어서자 엄마가 물었다.

"잘 갖다드렸어?"

"네."

"뭐 불편한 건 없으시대?"

"아, 몰라."

빠른 걸음으로 가게를 통과했다. 마당을 지나 현관에 들어서자마자 방으로 가 문을 쾅 닫았다. 곧바로 침대에 뛰어들어 베개에 얼굴을 박았다. 참았던 육성이 터져 나왔다. 으아하으으으악!

아까 보았던 도경이의 얼굴이 떠올랐다. 커진 눈망울에 달아오른 귀.

'그나저나, 무슨 일이었을까? 그 남자는…… 아빠? 같이 안 산다고 하지 않았나?'

눈치 없는 호기심이 고개를 들었다. 분위기가 좋지 않아 보였던 것이 마음에 걸렸다.

'근데, 그게 중요해 지금?'

헤매던 생각이 곧 제자리로 돌아왔다. 부끄러움이 몰려와 다시 베개에 얼굴을 파묻었다.

'안 그래도 어색한데 이제 쟤 얼굴을 어떻게 보지?'

따뜻한 햇볕이 내리쬐고 있었다. 봄이구나. 해민이는 들뜬 기분으로 마당에 나왔다. 옆집 마당에서 도경이가 울타리를 엮고 있었다. 종종걸음으로 옆집 마당에 들어섰다. 꼭꼭 꼭꼭. 닭들이 무리 지어 지나가자, 흙먼지가 작게 일었다. 해민이는 슬그머니 울타리를 엮는 도경이의 등 뒤로 가 섰다. 그리고 은근한 목소리로 긴치 않은 수작을 걸었다.

"얘, 너 혼자 일하니?"

"……그럼 혼자 하지 떼루 하니?"

도경이가 뒤도 돌아보지 않고 말했다. 해민이는 헤실헤실하며 도경이 주위를 왔다 갔다 했다. 너 일하기 좋니? 한여름이나 되거든 하지 벌써 울타리를 하니? 한참 지껄이다가 도경이 앞으로 불쑥 손을 내밀었다. 그 손에는 더운 김이 끼치는 반찬 봉투가 들려 있었다.

"너거 집에 이거 없지?"

"……."

"너, 우리 엄마 반찬이 맛난단다."

말이 떨어지자마자 도경이가 고개를 돌려 자신을 쳐다보았다. 잔뜩 찌푸려진 미간에, 얼굴 근육이 실룩였다. 무안해진 해민이가 콧김이라도 내뿜을 듯 씩씩거리다 굳게 다문 입을 막 열려는 찰나,

빰빰빰 빰밤 빠라빰빰, 굿모닝.

해민이는 눈을 번쩍 떴다. 반사적으로 손을 뻗어 휴대폰 알람을 꺼 버리고 다시 침대에 머리를 파묻었다.

'아, 미쳤나 봐. 이게 무슨 개꿈이야.'

얼굴이 타오르는 것처럼 화끈거렸다.

'오늘 학교 안 가고 싶다. 정말.'

"다녀오겠습니다."

해민이는 엄마에게 인사하며 가게 문을 나섰다. 슬쩍 2층

을 올려다보니 사람 기척 하나 없이 조용했다. 누가 볼세라 발걸음을 재촉했다.

해민이는 학교에 걸어 다닌다. 버스를 타면 5분이 채 걸리지 않는 거리지만 버스를 타러 큰길까지 나가는 것도 한참인 데다, 바로 가는 버스마저 몇 대 없었다. 매일 아침 30분 넘게 걸어야 했지만 누굴 탓하겠는가. 애초에 다니기 힘든 가림 중학교를 1지망으로 쓴 것은 자신이었다. 같은 초등학교 친구들이 가장 선호하지 않는다는 것이 그 이유였다. 덕분에 중학교에 입학한 후 해민이는 한동안 아는 사람 하나 없이 지내야 했다.

학교 가는 길은 눈을 감고도 갈 수 있을 만큼 훤했다. 낡은 주택들이 늘어선 골목이 영원히 계속될 것처럼 이어지다가, 갑자기 골목이 끝나면서 해민이네 학교가 나온다. 나란히 자리 잡은 가림 중학교와 가림 고등학교 너머로는 아파트 단지가 빼곡히 들어서 있다. 엄마는 그 동네도 십여 년 전 재개발이 이루어지기 전에는 우리 동네와 비슷했다고 했지만 그런 모습은 상상이 되지 않았다. 줄지어 선 고층 아파트와 상가들을 볼 때면 학교를 기준으로 이쪽과 저쪽이 다른 세상처럼 느껴졌다.

부지런히 걸어가던 해민이는 어느 집 앞에서 걸음을 멈추었다. 어깨 높이로 하얀 철조망 울타리를 두른 이 집은 동네 터줏대감인 대머리 할아버지네 집이었다. 마당에서 누렁이가 헥헥거리며 꼬리를 쳤다. 해민이는 울타리 담장 앞에 서서 누렁이에게 손을 흔들었다. 반갑게 날뛰는 누렁이를 보니 울타리 사이로 손을 넣어 쓰다듬고 싶었지만 꾹 참았다. 누렁이가 손을 핥아 대면 학교에 도착할 때까지 계속 냄새가 날 것이다.

"누렁이 심심하지? 누나가 학교 가는 중이라서. 나중에 놀자."

그때 바로 옆 빌라 입구에서 누군가 나오며 인사했다.

"해민아, 안녕?"

"어? 언니. 출근하시는 거예요?"

"응. 너 학교 되게 일찍 가는구나?"

학교 근처에서 카페를 하는 유나 언니였다. 유나 언니의 카페는 가격이 착해서 학생 단골이 많았다.

"누렁이 요놈. 너 요새 왜 이렇게 짖는 거야?"

유나 언니는 꼬리 치는 누렁이에게 말했다.

"누렁이가 짖어요? 얘, 잘 안 짖잖아요?"

"근데 요즘 이상하다 싶게 짖더라고."

"왜 그러지?"

"동네에 수상한 사람이 어슬렁거려서 그러는 거 같아. 집 지키는 개가 낯선 사람 보면 짖는 게 맞기는 한데……. 너무 시끄러워서."

"…… 수상한 사람이요?"

"응. 전에도 이 근처에서 누가 기웃거리더라고……. 내가 좀 예민한 걸 수도 있고."

언니의 예쁜 이마가 찌푸려졌다. 덩달아 해민이 눈썹 사이에도 힘이 들어갔다.

"그래도 모르는 일이니까 너도 너무 늦게 다니지 마. 아이고, 늦었네. 나 먼저 갈게. 학교 잘 가."

유나 언니는 큰길 쪽으로 걸어갔다. 해민이도 누렁이에게 손을 흔들어 주고는 다시 학교로 향했다.

2학기 중간고사가 한 달 남짓 남았다. 수학 선생님이 시험 범위를 알려 주는 바람에 교실에 괜한 긴장감이 돌았다. 해민이와 친구들은 쉬는 시간에 모여 앉아 시험 범위가 지난번보다 넓네 어쩌네 하며 수다를 떨었다.

"근데 해민. 넌 왜 학원 안 다녀?"

효주가 물었다. 해민이가 어색하게 웃으며 눈동자를 굴리는 사이에 주영이가 대신 대답했다.

"해민이는 평소에 인강만 듣고, 시험 기간 되면 과외 받는대."

"너 과외 받아? 무슨 과목?"

효주의 눈이 동그래졌다. 해민이는 시선을 떨구고 수학책 페이지를 넘기며 말했다.

"수학이랑 영어. 다른 건 핵심 정리만."

"우와. 그렇게 여러 과목 받으려면 비싸지 않아?"

"그렇게 비싼 과외 아니야. 것도 한번씩만 하는 거고."

"해민이처럼 하는 거 괜찮지 않냐? 인강은 내 수준에 맞는 거 골라 들을 수 있고, 모르는 건 과외할 때 따로 물어보면 되잖아."

주영이 말에 효주가 고개를 끄덕였다.

"진짜, 학원 다니는 것보다 나은 거 같아. 나도 엄마한테 과외한다고 해 볼까?"

"우리 엄만 '네가 뭔 공부를 그렇게 열심히 한다고? 학원이나 잘 다녀!' 그럴걸?"

"크하하하. 우리 엄마도 똑같이 말할걸?"

두 사람이 주거니 받거니 하는 사이에 수업 종이 울렸다. 친구들이 모두 자기 자리로 돌아가고 나서야 해민이는 한숨을 돌렸다.

해민이가 학원을 안 다니는 데에 특별한 이유는 없었다.

인터넷 강의가 학원보다 싸고 집에서 들을 수 있으니 편한 데다 이 학교 저 학교에서 모인 아이들 속에서 복작거리지 않아도 되니까 좋았다. 하지만 공부를 엄청 잘하는 것도 아니면서 학원을 아예 안 다니면 별종으로 보일 가능성이 있었다. 여차하면 잘난 척하는 애로 찍힐 수도 있고. 그래서 적당히 에둘러 말한 건데, 이야기가 좀 이상하게 퍼져 나갔다. 졸지에 해민이는 시험 기간에 집중 과외를 받는 아이가 되어 있었다. 물론, 그 과외가 무슨 과외인지 솔직하게 말하는 방법도 있긴 했다. 하지만, 실토하는 모습을 머릿속으로 상상만 했는데도 진땀이 났다.

"푸하하하, 뭐래."

교실 한 켠에서 웃음소리가 터져 나오자 아이들의 시선이 소리가 난 쪽으로 모였다. 자리에 돌아가서도 효주와 이야기를 이어가던 주영이가 황급히 입을 막았다.

"미안 미안. 내가 목소리가 좀 커."

주영이가 배시시 웃으며 말하자 아이들은 무심히 눈길을 거뒀다. 해민이는 그런 주영이를 볼 때마다 신기했다. 난 누가 쳐다보면 얼굴이 활활 타오르던데. 얘는 어떻게 아무렇지도 않을까? 곧 교실 문이 열리고 선생님이 들어왔다. 해민이는 딴생각을 멈춘 다음 자세를 고쳐 앉았다.

3

점심을 먹고 급식실을 걸어 나오며 소연이가 말했다.

"얘들아, 매점 가자."

"배 안 불러?"

효주가 묻자 소연이가 얼굴을 찡그리며 말했다.

"하나도 못 먹었어. 오징어 다리 보니까 자꾸 쥐 꼬리 생각 나잖아."

주영이도 토하는 시늉을 하며 덧붙였다.

"나도. 하필이면 왜 오늘 오징엇국이 나오냐고."

효주가 말했다.

"진짜 그러네. 다행히 난 생각 못 해서 잘 먹었음."

4교시 역사 시간에 70년대 쥐잡기 운동에 대한 지문이 나왔다. 올해 환갑을 맞은 할아버지 역사 선생님은 추억이 돋는 듯 신나게 이야기했지만 아이들은 무슨 괴담이라도 들은 것처럼 소리를 질렀다. 쥐가 쥐덫에 걸려 몸부림치던 것부터 쥐 꼬리를 잘라 학교에 가져다 냈다는 이야기, 쥐를 못 잡아서 마른 오징어 다리를 비벼서 가짜 쥐 꼬리를 만들어 학교에 냈다는 이야기까지. 너무 실감 나게 말해 준 것이 화근이었다.

"지하철에서도 쥐 나와서 난리 났다던데……."

효주의 말에 주영이가 물었다.

"진짜? 요즘도 쥐가 있구나. 너네 쥐 진짜로 본 적 있어?"

"아니?"

소연이가 말했다.

"근데 실제로 보면 귀엽지 않을까? '라따뚜이' 같은 애니메이션에 나오는 쥐는 귀엽잖아."

해민이는 마음속으로 대꾸했다.

'맞아, 새끼 쥐는 나름 귀여워. 나 어릴 때 새끼 쥐한테 배추 시래기 먹으라고 줬다가 할머니한테 엄청 혼났잖아. 근데 어른 쥐는 너네 생각보다 훨씬 커. 실제로 보면 다 기절할걸?'

"근데 역사 선생님 진짜 옛날 사람 같지 않냐?"

"그니까. 저번에 그 얘기 대박이었잖아? 어릴 때 자다가 마당에 있는 화장실 가기 무서워서 요강에 똥 눴다는 이야기."

주영이 말에 효주가 깔깔 웃으며 손뼉을 쳤다.

"맞아. 진짜 웃겼는데. 무슨 화장실이 마당에 있어? 완전 시골 동네였나 봐."

"서울에도 아직 그런 집 있어. 우리 삼촌이 택배 배달하시는데 옛날에 지은 집들 중에 그런 곳도 많대. 겨울이면 화장실 수도가 얼어서 터지기도 한다더라고."

"어휴. 그런 데 살면 진짜 불편하겠지?"

해민이는 쓴웃음을 지었다. 우리 집도 나 여덟 살 때까진 화장실이 마당에 있었는데. 수리 안 한 집은 아직도 그럴걸? 학교에서 30분밖에 안 걸리는 곳에 그런 동네가 있다는 걸 알면 다들 어떤 표정을 지을까.

물론 이런 말을 입 밖에 낼 생각은 없었다. 아파트에 익숙한 친구들에게는 TV에서나 봤을 이야기일 텐데 뭐하러 굳이 말을 꺼내겠는가. 해민이는 재잘거리는 친구들 사이에서 말없이 걸었다. 매점 앞에 도착하자 소연이가 말했다.

"오늘은 내가 바나나우유를 쏘겠어. 어제 용돈 받았거든."

효주와 주영이가 환호했다.

"아싸, 소연이 최고."

해민이는 엄청 배부르고 졸린 듯한 표정을 지으며 말했다.

"내 껀 됐어. 나 너무 배부르고 졸려서 자러 갈게."

진짜 배가 부르고 잠이 오기도 했지만 사실 얻어먹기 미안한 마음이 더 컸다. 어제는 효주가 아이스크림을 샀으니, 오늘도 얻어먹으면 내일쯤은 해민이 차례다. 하지만 이번 달은 용돈이 거의 안 남아서 간식을 살 여력이 없었다.

"엥, 진짜?"

주영이가 아쉬워하며 말했다.

"그래. 피곤하면 가서 자."

소연이가 말했다. 해민이는 얼른 자리를 떴다.

교실로 올라가 보니 아이들은 대여섯 명뿐이었다. 교실도 조용하고 자리도 마침 창가 구석이라 자기 딱 좋았다. 의자에 앉으니 온몸이 나른했다. 좋아, 지금부터 자면 25분은 잘 수 있어. 하지만 책상에 엎드리자마자 익숙한 목소리가 날아들었다.

"김해민. 선생님이 지금 글 쓴 거 가지고 오래."

고개를 들어 보니 3반 윤소정이 서 있었다. 해민이가 멍한 표정으로 쳐다보자 소정이는 왼쪽 손목에 찬 스마트워치를 힐끔거리며 말했다.

"점심시간 얼마 안 남았어."

"응."

해민이는 서둘러 과제물을 챙겼다. 두 사람은 소정이네 담임이자, 문예 창작 동아리 담당인 국어 선생님에게 향했다. 해민이는 계단을 내려가며 한 걸음 앞서서 걷는 소정이의 뒤통수를 쳐다보았다. 아무 말도 나누지 않으며 가는 것이 어색했지만 딱히 할 말이 떠오르지 않았다.

"소정아. 안녕."

계단을 올라오던 아이들 두 명이 소정이를 보고 알은체를 했다. 소정이는 웃으며 손을 흔들었다.

'괜찮은 애 같긴 한데.'

해민이는 고개를 삐뚜름하게 기울였다. 소정이는 예의 바르고 공부도 잘하는 모범생으로 친구들과 선생님들에게 평판이 좋았다. 해민이 역시 동아리 활동을 하며 궂은일을 도맡아 하는 소정이가 대단하다고 생각했다. 소정이는 늘 상대가 바라기도 전에 "너 혼자 못 해. 내가 도와줄게."라며 도움의 손길을 내밀었고, 누가 실수를 해도 "괜찮아. 좀 어려운 거야."라고 말하며 절대 찡그리는 법이 없었다. 그런데, 어째서 그럴까.

'불편해.'

해민이는 지난주 동아리 모임을 떠올렸다. 모임을 마치고 선생님이 해민이와 소정이를 따로 불렀다. 곧 있을 학생 문예 대회 '공감 에세이' 부문 참가를 권유한 것이다. 작년에도 이 대회에서 대상을 받았던 소정이는 바로 수락했지만 해민이는 많이 망설였다.

"너무 어렵게 받아들이지 말고 좋은 경험 한다고 생각해. 해 볼 만하니까 말하는 거야."

해민이는 선생님의 적극적인 추천에 차마 거절을 하지 못했지만 동아리실을 나오면서도 계속 걱정이 앞섰다.

"'공감 에세이'가 뭔지 감이 안 오는데. 그리고 곧 중간고사잖아. 문예 대회에 신경 쓸 정신이 있을까?"

푸념하듯 한 말이었다. 딱히 대답을 바란 것이 아니었는데 소정이에게서 뜻밖의 말이 돌아왔다.

"핑계를 찾으면 끝도 없어. 중요한 건 의지지."

그때 소정이의 말투, 표정, 눈빛……. 해민이는 자기도 모르게 움찔했다.

"내 말은 그러니까, 추천해 주시는데 열심히 하면 좋겠다고. 선생님이 유난히 너를 칭찬하시잖아."

방송 사고를 낸 아나운서 같은 얼굴로 소정이가 덧붙였다. 해민이는 어색하게 웃었다. 동아리 시간에 칭찬을 받은 것은 맞다. 글에 서툰 부분이 많기는 해도 관점이 신선하고 재미있다고 했다. 하지만 소정이야말로 매번 기본기가 탄탄하다는 칭찬을 넘치게 들었다. 근데 나를 '유난히' 칭찬하신다고? 그렇잖아도 소정이를 볼 때마다 들었던 어색하고 불편했던 마음이 그날 이후로 더 커졌다.

연구실 앞에 도착한 두 사람은 문을 두드리고 안으로 들어갔다. 국어 선생님이 두 사람을 맞아 주었다.

"어, 왔니? 글은 다 써 왔지?"

"네."

선생님은 두 사람이 가지고 온 과제를 거두어 가며 종이 몇 장을 내밀었다. 문예 대회 참가 신청서였다.

"읽어 볼 테니까, 거기 앉아서 이거 쓰고 있어."

해민이와 소정이는 빈 테이블에 나란히 앉아서 신청서를 작성했다. 학교, 이름, 주소, 연락처를 반복해서 쓰고 서약서에 개인 정보 제공 동의서까지 쓰느라 시간이 제법 걸렸다. 신청서를 다 썼을 때 선생님은 테이블 위에 둘이 제출했던 과제를 내려놓았다. 한눈에 보아도 소정이의 글에는 별로 손댄 흔적이 없었는데, 해민이 글엔 빨간 색연필로 여기저기 죽죽 밑줄이 그어져 있었다. 으악 소리가 자동으로 튀어나왔다.

"해민이 글은 손을 좀 많이 봐야겠다. 형식이라는 게 반드시 정해져 있는 건 아니지만 기본적인 건 챙기는 게 좋아. 그리고 너무 자유분방한 느낌이라 살짝 눌러 주면 좋을 것 같아."

해민이는 발가락을 꼼지락거리며 대답했다.

"네."

"그리고 소정이 글은 거의 손볼 게 없더라. 구조도 잘 잡았고, 군더더기 없이 잘 썼어."

"감사합니다."

"그런데……."

선생님이 운을 떼며 뜸을 들이자 소정이의 눈썹이 움찔했다.

"잘 쓰긴 했는데, 너무 전형적이랄까, 지나치게 어른스럽다고 해야 할까."

"……."

"너희들 또래가 생각해 볼 법한 주제에 대해서 좀 더 솔직하게 접근하면 좋을 것 같아. 이런 부분은 선생님이 직접 도와줄 수 있는 게 아니거든. 소정이 네가 좀 더 주위를 돌아보고 친구들이랑 이야기도 많이 해 보면서 공감대를 찾아봐."

"네."

"소정이랑 해민이, 둘이 글을 바꿔서 읽어 보면 되겠네. 너희 둘은 딱 서로에게 필요한 걸 갖고 있는 셈이니까."

"네."

두 사람 모두 얌전히 대답을 했지만, 해민이는 소정이가 아랫입술을 슬쩍 깨무는 모습을 놓치지 않았다.

'글쎄요. 우리 그렇게 안 친한데요.'

해민이는 속으로 이렇게 생각하며 과제물을 챙겨 일어섰다. 그때 선생님이 한편에 쌓여 있는 파일 더미를 가리키며 말했다.

"아, 참. 올라가는 김에 심부름 좀 해 줄래? 이거 2반, 저건 3반. 가져가서 좀 나눠 줘."

"네."

두 사람은 각자 파일 더미를 챙겨 들고 연구실을 나왔다. 해민이는 두 팔 가득 파일을 든 채 계단을 올랐다. 무겁지는 않았지만 파일이 워낙 높이 쌓여 있어 앞이 잘 보이지 않는 바람에 균형을 잡기가 힘들었다. 반면 소정이는 아무렇지 않다는 듯 해민이를 앞서 계단을 척척 올라갔다. 한 걸음씩 천천히 발을 디디던 해민이가 계단 중간쯤 왔을 때, 맨 위에 있던 파일이 스르르 미끄러지는 느낌이 들었다.

"으아?"

순식간에 파일 더미가 와르르 무너졌다. 요리조리 안간힘을 쓰다 멈췄을 때는 이미 절반이 넘는 파일이 사방으로 떨어진 뒤였다. 엄마야, 이걸 어떡해. 때를 맞추어 수업을 알리는 종소리가 울렸다.

"어휴."

한숨 소리에 고개를 들어 보니 소정이가 계단 꼭대기에 서서 난감한 표정으로 아래를 내려다보고 있었다. 순식간에 골칫덩어리가 되어 버린 기분이었다. '내가 알아서 할 테니까 한숨 쉬지 말고 그냥 가!'라는 말이 입 밖으로 튀어나오려 하는 순간, 계단 아래쪽에서 누군가가 올라오며 말했다.

"이거."

도경이가 파일 몇 개를 주워 들고 서 있었다.

"어? 도경아, 네가 도와주는 거야? 고마워. 부탁 좀 할게."

소정이는 반색하며 그렇게 말하더니 그대로 총총 걸어가 버렸다. 해민이가 놀랄 틈도 없이 도경이는 바닥에 떨어진 파일들을 주워 해민이 품에 차곡차곡 쌓아 주었다. 그동안 해민이는 엉거주춤한 자세로 서서 마른침을 꿀꺽 삼켰다.

"다 주웠어."

"어, 응."

"얼른 들어가. 종 쳤어."

"어? 어."

도경이는 먼저 계단을 올라 자기 반 교실로 들어갔다. 해민이도 부랴부랴 교실로 향했다.

'아씨, 고맙다고 했어야지.'

교실 문을 열고 들어설 즈음에야 그런 생각이 들었지만 이미 늦어 버린 뒤였다.

수학 선생님이 수업을 시작했다. 소정이는 도경이의 빈자리와 뒷문을 번갈아 가며 힐끔거렸다. 잠시 후 뒷문이 스르르 열리더니 도경이가 들어왔다. 수학 선생님이 인상을 찌푸리며 말했다.

"종 친 지가 언젠데 이제야 들어와?"

도경이는 고개를 꾸벅 숙이며 말했다.

"죄송합니다."

소정이가 얼른 말을 더했다.

"선생님. 도경이 아까 담임 선생님 심부름하는 애 도와주다가 늦은 거예요."

"그래? 알았으니까 얼른 앉아."

수학 선생님이 좀 풀어진 얼굴로 말했다. 소정이는 자리로 가서 앉는 도경이를 쳐다보다가 눈이 마주쳤다. 도경이가 빙 긋 웃었다. 말해 줘서 고맙다는 뜻 같았다. 소정이는 뿌듯한 기분으로 고개를 돌렸다. 전학 온 첫날부터 괜찮은 아이 같다고 생각했다. 옷차림도 단정했고 말이나 행동에 쓸데없이 나대는 데가 없었다. 하나를 보면 열을 안다고 공부도 잘할 것 같았다. 그리고 오늘, 해민이 때문에 곤란한 자신을 도와주었을 때 확신했다. 친하게 지내도 되겠다고. 정말 친하게 지낼 친구는 신중하게 골라야 하니 말이다.

 완벽이란 그런 것이 아닐까. 시험 성적도 동아리 활동도 인간관계도 뭐 하나 소홀히 해서는 안 된다. 선생님들께는 모범적이고 예의 바른 학생이, 아이들 사이에서는 친절하고 매력 있는 친구가 되어야 한다. 잘났지만 잘난 척은 하지 않아야 하고, 내세우지 않지만 드러나야 하는 법이다.

 '또래답지 않게 어른스럽고 영특하다.'

 소정이는 자라는 내내 이런 칭찬을 많이 들었다. 아무리 들어도 지겹지 않았다. 감탄이 섞인 시선과 말투는 물론, 치켜세워 주는 분위기가 느껴질 때면 가슴이 부풀었고 무엇보다 엄마 아빠가 기뻐하는 것이 좋았다. 이것은 마약과도 같아서 들으면 들을수록 더 갈증이 났다. 성과를 내고 좋은 평판을 얻는 것은 자연스레 소정이의 사명이 되었다.

물론 고비가 없었던 것은 아니다. '완벽'으로 가는 길은 거칠고 험했다. 늘 성공만 할 것 같던 소정이도 쓰라린 첫 실패를 피하지 못했고 두 번째, 세 번째 실패를 받아들여야 했다. 어른들은 누구나 실수를 하는 거라고 소정이를 위로했다. 하지만 소정이는 그들의 얼굴에 스치는 초조함을 보았다. 어디선가 자신을 향한 한숨 소리가 들리는 것 같았다. 원하면 뭐든 이룰 수 있을 거라는 믿음이 흔들렸고 사람들을 실망시킬지 모른다는 두려움이 커졌다. 대단한 무언가가 되지 못하면 아무것도 아니게 되고 말 것 같았다.

'노력하면 돼. 남들보다 몇 배로 노력하면. 난 새로 시작했으니까.'

아직도 국제중 입시에 실패했을 때를 생각하면 정신이 아득해지곤 했지만, 그래도 희망은 남아 있었다. 소정이의 꿈은 작가였다. 그저 그런 작가가 아니라 베스트셀러를 내고 권위 있는 문학상을 받아 전 세계에 이름을 떨치는 작가. 대문호가 되고 나면 자신의 실패를 비웃고 무시하던 사람들도 더 이상 아무 말 하지 못할 거다. 이름 있는 작가들은 대개 어린 시절부터 그 재능을 드러내곤 했다니까, 지금부터 차근차근 성과를 쌓아 놓아야 한다. 틈나는 대로 책을 읽고, 역대 문예 대회 수상작을 분석했다. 내로라하는 작문 선생님께 수업도 열심히 받고 있다. 소정이는 늘 하루, 한 시간이 아까웠다. 노력도 하지 않으면서 시간만 낭비하는 아이들을 보면 저 시간을 차라리 나한테 주지 하는 생각까지 들었다.

예를 들어, 해민이 같은 아이. 소정이는 해민이를 생각하면 고까운 마음이 들었다. 뭔가를 간절히 원하는 태도가 그 아이에게는 없다. 항상 마지못해, 해야 하니까 적당히 할 뿐이다. 독서 토론을 할 때도 적당히 맞장구만 친다. 문집을 편집할 때는 또 어떻고. 다들 제일 좋은 자리에 실리고 싶어 난리인데 '적당한 데 넣어 줘.'가 끝이다. 선생님께 자주 칭찬을 받으니까 자신이 잘한다고 생각하겠지만 세상은 노력하지 않는 자에게 웃어 줄 만큼 호락호락한 곳이 아니다. 언젠가 크게 좌절할 그 아이를 생각하면 안쓰럽기도 했지만 그게 당연한 이치인데 어쩌겠는가.

"56쪽 연습 문제 두 개 풀어 보자. 5분 준다."

수학 선생님의 말과 함께 교과서 책장을 넘기는 소리가 들렸다. 소정이는 흐트러진 정신을 가다듬고 문제에 집중했다.

4

❖ **오늘의 의뢰**　　　　　　　　　　　　**의뢰자: 로맨틱 가이**

도와주세요. 제가 용기가 없는 게 흠이지만 마음만은 진짜 진심이에요. 같은 학원에 다니는 여자애가 완전 제 스타일인데 말을 못 걸겠어요. 사진 보면 아시겠지만 약간 연예인 강소휘 닮았어요. 실물이 더 예뻐요.

아는 거라고는 혜원여중 다닌다는 거랑 이름이 '지은'이라는 게 다예요. 고백하고 싶기는 한데, 남자 친구가 있을 거 같아요. 아마 있겠죠? 저렇게 예쁜데 설마 없겠어요? 근데 또 혹시 모르는 거니까……. 솔로인지 아닌지라도 알았으면 좋겠어요.

제가 의뢰하고 싶은 건 이거예요. 지은이에 대해서 알아봐 주세요. 혜원여중 몇 학년 몇 반이고, 정확한 이름은 뭐고, 사귀는 사람이 있는지, SP 수학 학원 말고 또 어떤 학원 다니는지. 음……. 그리고 어떤 남자 스타일 좋아하는지, 친한 친구는 누군 지 이런 것도 알 수 있으면 좋고요. 휴대폰 번호도 알아봐 주시 고요. 아 참. 그리고 정확한 집 주소를 알려 주세요. 학교나 학원 은 사람이 너무 많으니까 집 앞에서 기다리다가 고백하려고요. 제발 부탁드려요. 제가 진짜 한 사람만 바라보는 일편단심 스타 일이거든요. 도와주시면 복 받으실 거예요.

파파라테 왜 여기다 지 짝사랑 사연을 올리는 거야. 마음에 안 들어.

의자왕 쉽잖아? 정보만 좀 알아보면 되고.

소해야사랑해 여자애 예쁘긴 하네. 강소휘 닮았다는 건 오버 지만…….

프로불편러 근데 저 사진 도촬 아니냐?

소해야사랑해 도촬이겠지. 고백도 못 한 주제에 물어보고 찍었 겠냐?

맨도날드 이런 건 친구들한테 걍 부탁하면 되는 거 아니야?

소해야사랑해 딱 보면 모르냐. 쟤 친구 없어, 백퍼.

파파라테 고백을 하고 싶으면 그냥 하면 되지 지질하게 뭐 하는 거야. 이런 거 알아봐 준다고 잘 된다는 보장이 있어?

오즈의마법사 성공하든가 말든가 뭔 상관이야? 의뢰만 처리하면 되지.

파파라테 누구 혜원여중 다니는 사람 없어? 같은 학교 다니면 저 정도 알아내는 거야 쉽잖아.

내이름은노랑 내가 할게.

의자왕 오! 딱 걸렸어. 너 혜원여중 다니지?

내이름은노랑 그런 걸 왜 물어? 여기 규칙 몰라?

의자왕 아~~ 발끈하기는. 알았어. 알았다고.

오즈의마법사 그래. 우리 서로 예의를 지키자고. 서로가 누구인지에 대해서는 철저하게 비밀 보장.

내이름은노랑 그 여자애 정보만 넘겨주면 다음 의뢰는 내 차례인 거 맞지?

오즈의마법사 당연하지. 제대로만 처리한다면.

내이름은노랑 알았어.

'오늘의 의뢰'란에 반짝이던 불이 꺼지더니, '마감'이라는 꼬리표가 덧붙여졌다.

프로불편러 아, 생각할수록 아깝네. 쉬운 거였는데.

파파라테 후회해 봐야 소용없지.

오즈의마법사 자, 이만 헤어지자고.

채팅방은 순식간에 잠잠해졌다.

 지은은 손에 땀이 날 정도로 휴대 전화를 꼭 붙잡고 걸었다. 벌써 10시가 넘었다. 집으로 가는 골목은 어둑했고 주위에는 아무도 보이지 않았다. 하지만 역시나, 오늘도 수상한 기척이 느껴졌다. 지은은 뒤를 돌아보지 않으려고 애쓰며 걸음을 재촉했다.
 '조금만 더 가면 돼.'
 처음엔 별 신경을 쓰지 않았다. 알 수 없는 번호로 시나 노래 가사가 적힌 문자가 오기 시작했을 때, 그저 스팸이겠거니 했다. 그 뒤로 길가의 꽃이나 새, 고양이 따위가 담긴 사진이 함께 왔다. 그제야 뭔가가 이상하다는 것을 깨달았다. 사진에 담긴 풍경이 눈에 익숙했다. 지은의 학교 앞, 학원 가는 길, 심지어 집 앞 놀이터에서 찍은 것이었다.
 결정적인 일은 학원에서 일어났다. 어느 날 학원 사물함을 열었는데 작은 곰 인형과 함께 '내 마음이야'라고 쓰인 쪽지가 들어 있었다. 소름이 끼쳤다. 내 사물함을 어떻게 열었지? 지은은 사물함을 자물쇠로 잠그고 다닌다. 두려운 마음에 부모님께 이야기했지만 그저 친구들의 장난일 것이라며 가볍게 넘겼다. 하지만 지은은 마음이 편치 않았다. 친구와 걸어가다가도 누군가 자신을 쳐다보는 것 같은 오싹한 기분에 주위를 둘러보곤 했다. 그리고 바로 어제, 학원에서 돌아오는 길에 누군가가 자신을 따라오는 기척을 느꼈다. 지은은 숨도 쉬지 못하고 내달렸다. 울면서 집으로 뛰어 들어온 지은을 본 아빠가 오늘부터 집 앞 골목으로 마중을 나오기로 했다.

'조금 전에 전화를 했으니 지금쯤 골목 앞에 나와 계실 텐데?'

지은은 필사적으로 아빠의 모습을 찾으며 걸었다. 뒤따라오는 발소리에 무릎이 뻣뻣하게 굳었다. 그때 갑자기 등 뒤에서 외마디 비명 소리가 들렸다.

"악!"

뒤를 이어 아빠의 목소리가 들렸다.

"잡았다! 이 자식. 너 뭐 하는 놈이야?"

돌아보니 아빠가 웬 남자아이를 붙잡고 있었다. 아빠는 일부러 골목 모퉁이에 숨어 있었던 것이다.

"놔, 주세요. 저는……. 그냥……."

지은은 그 남자아이가 알아들을 수 없는 말로 아빠와 실랑이하는 모습을 쳐다보다가 다리에 스르르 힘이 풀려 그대로 주저앉아 버렸다.

점심을 먹은 해민이는 주영이와 함께 운동장을 걷다가 그늘진 스탠드에 자리를 잡고 앉았다. 남자아이들은 땡볕에도 아랑곳하지 않고 축구를 하고 있었다. 축구하는 무리 너머로 나무 그늘 아래 혼자 앉아 있는 도경이의 모습이 눈에 들어왔다. 하필이면.

'쟤는 왜 저기 앉아 있어?'

해민이는 인상을 찌푸리다가 퍼뜩 정신을 차렸다. 티 나게 쳐다보면 주영이한테 들킬지도 모른다. 대신 축구하는 아이들에게 눈을 돌렸다.

"와, 덥지도 않나?"

"내 말이. 쟤네들은 축구하려고 학교 오나 봐. 참, 너 이거 봤어? 나 SNS에 사진 올렸는데."

주영이가 내민 휴대폰을 보았다. 매점에서 효주, 소연이와 찍은 사진이었다. 모두 바나나우유가 잘 보이게 들고 있었고 사진 아래 이런 말이 달려 있었다.

'소연이가 바나나우유 쏨! 나 용돈 다 떨어져서 이번 주 내내 거지였는데 고마워!! 소연이 완전 사랑해♡'

해민이는 속으로 감탄했다. 이렇게 말해 버리면 아무것도 아닌걸. 난 왜 이게 안 될까. 좋으면 좋다, 싫으면 싫다, 없는 건 없다, 모르는 건 모른다. 늘 당당하게 말하는 주영이가 부러웠다.

"사진 잘 나왔지?"

"응. 너 사진 되게 잘 찍는 것 같아."

"여기 고양이 찍은 것도 있어. 봐 봐. 귀엽지?"

"오, 귀엽다. 여기가 어디야?"

"우리 아파트 화단. 처음엔 버려진 줄 알고 사진 찍어서 수급평에 올렸다? 임보할 사람 찾으려고. 근데 누가 얘는 엄마도 있고 돌보는 캣 맘도 있는 애라고 해서 기다려 보니까 엄마 고양이가 오더라고."

"수급평에서 고양이 임보도 해?"

"당연하지. 요즘 거기에 물어보면 다 해결돼."

수급평은 '수현구 급식 평가'라는 오픈 채팅방의 줄임말이다. 처음엔 학생들이 자기 학교 급식 사진을 찍어서 올리면 투표를 통해 오늘의 베스트니 워스트니 평가를 하는 곳이었다. 언제부터인가 대학생들도 와서 학식 사진도 올리고 과제나 기출문제를 주고받기도 하더니 요즘은 온갖 소식과 정보가 오가는 창구가 되어 버렸다. 모르긴 해도 수현구에서 이 채팅방을 모르는 학생은 없을 거다.

"나 무선 이어폰 한 짝 잃어버려서 혹시 한 짝만 팔 사람 있나 물어봤다? 아침에 연락 와서 완전 좋아했는데 오른쪽이라는 거야. 내가 왼쪽이라고 분명히 써 놨는데."

투덜대는 주영이에게 건성으로 대꾸하며 다시 나무 그늘을 살폈다. 쟤는 안 심심한가? 뭘 듣고 있는 거 같기도 하고. 음악 듣는 거 좋아하나?

"동아리는 재밌어? 요즘 바쁘더라?"

주영이가 물었다.

"우리 동아리? 맨날 똑같지 뭐. 요즘 문예 대회 때문에 힘들긴 해. 괜히 한다고 한 것 같아."

"엄살떨긴. 잘할 거면서. 넌 좋아하는 게 확실해서 좋겠다. 나도 뭐 재밌는 게 있으면 좋겠는데."

운동장을 둘러보니 아이들이 좀 줄어들었다. 도경이는 아직도 나무 그늘 아래 있었다. 축구공이 그늘 근처로 굴러오자 운동장 쪽으로 차서 보내고는 다시 자리에 앉았다.

"해민아. 너 쟤한테 관심 있어?"

주영이가 불쑥 물었다.

"아니!"

1초도 고민하지 않고 튀어나온 대답에 주영이가 깔깔거리며 웃었다.

"푸하하하. 내가 누구 말하는 줄 알고?"

아씨. 낚였다. 해민이의 얼굴이 순식간에 타올랐다.

"아니, 내 말은. 그게……."

"이름이 강도경이지? 3반에 새로 전학 온 애."

벌써 도경이를 알고 있다니. 역시. 학교 소식 중 주영이가 모르는 것은 없었다.

"3반 애들 잘생긴 애 전학 왔다고 난리던데. 너도 관심 있구나? 요즘 쟤 자꾸 쳐다보네?"

"야, 내가 언제?"

"그랬거든? 이게 누굴 속이려고."

"아니, 그런 게 아니라."

"그런 게 아니면, 뭔데? 너 똑바로 말해. 난 그동안 내 짝남까지 다 말했는데 너 치사하게 이러기야?"

"정말 그런 거 아니라고. 내가 누굴 좋아하면 당연히 너한테 먼저 말을 했겠지."

"그럼 왜 그러는데? 너 쟤 신경 쓰고 있는 거 맞잖아?"

주영이가 턱을 치켜들고 물었다. 이럴 땐 빠져나갈 방법이 없다. 해민이는 발뺌하기를 포기하고 설명했다.

"우리 집 2층에 이사 온 애야. 안 그래도 어색한데 심부름 갔다가 그 집 어른들이 싸우는 것 같길래 도망쳐 나왔어."

적당한 선에서 얼버무리려는 의도가 있긴 했으나, 말하고 보니 더 이상 할 말도 없었다. 이것 말고 강도경과 뭐가 더 있겠는가. 주영이는 이야기를 끝까지 듣더니 눈을 빛내며 말했다.

"진짜? 너네 집 2층에 산다고? 왜 진작 말 안 했어?"

"깜박했어. 그리고 그게 뭐 별일이라고."

"별일이지!"

주영이는 해민이에게 눈을 흘기며 물었다.

"그게 다야?"

"다야."

"정말?"

해민이는 열심히 고개를 끄덕였다.

"쳇. 좋아. 믿어 주겠어. 관심 있는 건 아니라는 거지?"

"그렇다니까!"

"난 또. 네가 자꾸 신경 쓰니까 뭐가 있는 줄 알았잖아. 일부러 정보 좀 주려고 했더니만."

"정보? 뭔데?"

해민이는 짐짓 몸을 뒤로 빼고 심드렁하게 물었지만 정작 시선은 주영이에게 박혀 있었다.

"별건 아니고. 내 친구가 강도경이랑 선생님이 이야기하는 거 들었다는데······."

"들었다는데?"

"쟤가 이전 학교에서 누구랑 엄청 크게 싸우고 전학 왔다는 것 같더라고."

"정말?"

해민이는 자기도 모르게 목소리가 높아졌다.

"응. 왜, 강도경 전학 왔던 날. 선생님이 그랬대. 여기서는 쌈박질하지 말고 얌전히 있으라고. 뭘 어떻게 싸우면 애들끼리 팔이 부러질 정도로 싸우냐고."

"정말이야? 팔이 부러져? 그런 애로는 안 보이는데?"

주영이는 어깨를 으쓱했다.

"정확한 건 모르는데 들은 대로는 그렇다잖아. 그래서 싸우고 나서 쫓겨 온 게 아닌가 하는 거지."

완전 모범생 같은 도경이가 싸움이라니, 믿기지 않았다. 해민이의 시선이 자연스럽게 도경이가 있던 나무 그늘 쪽으로 돌아갔다. 하지만 어느새 도경이는 사라지고 없었다.

"너야말로 뭐 좀 아는 거 없어? 뭐 때문에 이사 왔다 이런 이야기, 못 들었어?"

해민이는 고개를 가로저었다.

"그래? 됐어, 그럼."

그때 점심시간이 끝났음을 알리는 종이 울렸다. 두 사람은 자리에서 일어나 교실로 향했다. 걷다가 주영이가 해민이의 옆구리를 쿡 찔렀다.

"생각 있음 지금이라도 말해. SNS에서 그 학교 다니는 사람 하나 못 찾겠냐? 진짜 강제 전학 온 건지 아닌지는 알아야지."

"됐거든?"

괜한 오해를 살까 봐 얼른 대꾸했지만 사실 궁금하긴 했다.

'사고……? 강제 전학? 걔가?'

평소 생각하던 도경이의 모습과 너무 달랐다. 하기야, 해민이가 도경이에 대해 알아봐야 뭘 얼마나 알겠는가. 몇 번 본 게 다인데. 이렇게 생각하자 어깨에 힘이 쭉 빠졌다.

방과 후, 해민이는 국어 선생님에게 과제 검사를 받은 뒤

집으로 향했다. 느릿느릿 걸으며 머릿속으로 국어 선생님과 나눈 대화를 곱씹었다.

"글에 너의 밝은 부분만 너무 부각된 것 같아. 신나고 유쾌한 이야기도 좋지만 슬프고 어두운 것도 괜찮아. 사람이 항상 기쁘기만 하다면 그게 더 이상하지. 긍정적인 모습, 부정적인 모습이 모두 어우러진 게 사람이잖아."

"그렇긴 하지만…… 우울한 이야기를 써 놓으면 읽기 싫을 것 같아요."

"그럴 리가. 만약에 소설 주인공에게 매일 행복한 일만 일어나면 그게 재미있을까? 고난과 시련도 있어야 이야기가 살아나는 거지."

"그건 소설이잖아요. 어차피 잘 끝날 거 다 아니까 좀 힘들어도 괜찮죠. 하지만 제 이야기에는 통쾌한 반전 같은 건 없다고요."

해민이의 입술이 삐죽 나왔다. 하지만 선생님은 의미심장한 미소를 지어 보였다.

"그래. 그게 진짜 네 이야기지. 통쾌한 반전은 필요 없어. 기쁘면 기쁜 대로, 슬프면 슬픈 대로 네 인생을 응원해 주고 싶게 하면 되는 거야."

해민이는 길 가운데 있던 밤톨만 한 돌멩이를 툭 걷어찼다. 돌멩이는 슝 날아가 담벼락에 빗맞고 떨어졌다.

'어려워. 이런 걸 왜 한다고 했을까.'

터덜터덜 걷는데 저만치서 개 짖는 소리가 들렸다. 누렁이 소리였다. 것도 전에 없이 사나운 기세였다. 해민이는 뛰다시피 걸어서 대머리 할아버지 집 앞에 도착했다. 울타리 앞에는 강도경이 서 있었다.

"워, 워. 멍멍아, 짖지 마."

도경이가 쩔쩔매고 있었다. 누렁이는 울타리를 뚫고 나올 기세로 짖어 댔다. 개 짖는 소리가 온 골목에 울려 퍼졌다. 해민이는 누렁이를 향해 성큼성큼 다가섰다.

"뒤로 좀 물러나 봐. 얘가 원래 잘 안 짖는데, 네가 낯설어서 그런가 봐."

해민이가 불쑥 나타나자, 도경이는 놀란 얼굴로 뒤로 물러났다. 해민이는 누렁이 앞에 쪼그리고 앉았다.

"누렁아. 누나야. 괜찮아."

누렁이가 언제 짖었냐는 듯 낑낑거리며 다가왔다. 도경이를 향해 한 번 더 으르렁거리긴 했지만.

"그러지 마. 누나가 아는 사람이야."

울타리 사이로 손을 집어넣자 누렁이가 달려들어 마구 핥았다. 누렁이가 좀 진정한 듯 보이자 도경이에게 말했다.

"얘가 널 보고 겁먹은 것 같아. 늙어서 그런지 우리 누렁이 겁이 엄청 많아졌네."

"너 얘랑 친해?"

"당연하지. 이 집 할아버지가 태어난 지 얼마 안 된 거 얻어 왔을 때부터 쭉 봤는데."

도경이가 슬쩍 해민이 옆으로 다가와 앉았다. 누렁이는 다시 경계하듯 몸을 낮추고 이를 드러내 보였다. 으르르르릉.

"처음부터 너무 들이대지 말고, 계속 오가면서 얼굴 익숙해지면 안 짖을 거야. 사실 되게 순해."

"그런 것 같아."

"너도 개 좋아하는구나?"

"어."

해민이가 몸을 일으키자, 도경이도 일어나 마주 섰다. 도경이의 키는 생각했던 것보다 커서 해민이보다 머리 하나는 더 높았다. 그러고 보니 이렇게 도경이와 마주 보고 이야기하는 것은 처음이었다.

"학교는 마음에 들어? 마주칠 때마다 인사해야지 하면서 괜히 어색해서 말을 못 했어. 적응 좀 됐어?"

"응. 괜찮은 것 같아."

"뭐 궁금한 거 있으면 물어봐. 학교에 아직 친한 사람 없을 텐데, 뭐 빌리거나 할 때 말해도 되고. 한집 살게 된 것도 인연인데 말이야."

"그래."

"아, 그리고 저번에 파일 주워 줘서 고마워."

드디어 말했다! 속이 뻥 뚫린 듯 시원했다. 도경이는 잠시 멋쩍게 웃다가 말했다.

"나도 지난번에 반찬 맛있게 잘 먹었어. 엄마도 고맙다고 하셨고."

"잘 먹었으면 다행이고."

분위기가 한결 편안해지자 웃음이 났다.

"어휴. 말 좀 트고 나니까 살 것 같다. 사실 너 되게 불편했거든."

"사실은 나도 좀 그랬어."

두 사람은 마주 보고 쿡쿡 웃었다. 누렁이가 낑낑거리며 두 발로 서서, 울타리를 박박 긁어 댔다.

"그래, 그래. 누렁아, 진정해."

해민이는 누렁이에게 손을 흔들어 주고, 도경이와 집을 향해 나란히 걸었다.

"넌 이 동네에 오래 살았어?"

"응. 나 엄청 어릴 때부터 여기 살았어. 반찬 가게도 오래

해서 이 동네 사람들은 거의 다 알아. 넌 전에 어디 살았어?"

"원래는 나연구에 살았어."

"꽤 머네? 이사는 왜 온 거야?"

해민이는 발끝으로 눈길을 내리며 물었다. 도경이는 잠시 뜸을 들이다가 말했다.

"집안 사정 때문에."

"으응."

애매한 대답이긴 했지만, 해민이는 그냥 고개를 끄덕였다. 그렇다잖아, 더 묻지 말자. 싸우고 강제 전학을 왔다는 말은 헛소문일 거야. 예의도 바르고, 날 도와준 적도 있고, 무엇보다 개를 좋아하잖아? 동물을 사랑하는 사람이 나쁜 사람일 리가 없어.

"너 우리 중간고사 얼마 안 남은 거 알아?"

해민이가 어색해질 틈을 만들지 않으려고 말을 이었다.

"응. 들었어."

"안 놀라네? 자신 있나 봐?"

"자신은 무슨."

"솔직히 말해 봐. 너 공부 잘하지?"

"별로."

"아니긴. 너 느낌이 딱 모범생이야."

도경이가 피식 웃었다. 해민이도 따라 웃었다. 주거니 받거니 하는 사이에 두 사람은 집 앞에 도착했다. 도경이는 해민이에게 인사를 했다.

"학교에서 보자."

"그래."

드르륵. 가게 문을 열고 들어선 해민이는 엄마에게 씩씩하게 인사를 했다.

"다녀왔습니다."

"그래. 좀 늦었네?"

"그런가?"

해민이는 가벼운 걸음으로 가게를 가로질렀다. 가만히 해민이를 보던 엄마가 말했다.

"너, 기분 좋아 보인다?"

"뭐, 그런가?"

그렇게만 말하고 가게 뒷문으로 나왔다. 마당을 지나며 방으로 향하는 해민이 입가에서 자꾸 웃음이 새어 나왔다.

5

"해민아, 잠깐 계산대 좀 봐줄래?"

방문 너머에서 엄마 목소리가 들렸다.

"네."

해민이는 읽던 책을 들고 가게로 나왔다. 원래 엄마는 어린 해민이가 가게 일 돕는 것을 탐탁지 않아 했다. 하지만 재작년 할머니가 돌아가신 뒤로는 달리 방법이 없었다. 파트타임으로 일하는 아주머니들이 퇴근하고 주방 뒷정리로 바쁜 시간이 되면 종종 해민이가 엄마 대신 계산대를 맡았다.

작년에 냉장고를 새로 바꾼 것 외에, 가게는 할머니가 계시던 때에서 크게 달라진 것이 없었다. 시커먼 알루미늄 새시 문과 콘크리트 바닥에 거미줄처럼 갈라진 금들, 닳고 닳은 초록색 플라스틱 의자까지 해민이 어릴 적 그대로였다. 이젠 할머니가 없지만 엄마와 딸이 하던 그 반찬 가게는 여전히 엄마와 딸이 지키고 있었다.

곧 저녁 준비를 하려는 손님들이 몰려왔고 해민이는 계산을 하느라 분주해졌다. 한 무리의 손님들이 빠져나가고 가게가 좀 한산하다 싶을 때, 익숙한 목소리와 함께 희영이네 아줌마가 들어왔다.

"해민이 엄마. 바쁜가 보네?"

"어? 희영 엄마. 저녁 반찬 사려고? 오늘은 좀 늦었네?"

"응. 어디 좀 갔다 온다고."

키는 작지만 목소리 톤이 아주 높은 이 아줌마는 해민이네 집 단골이었다. 같은 동네에서 오래 살았기 때문에 엄마와 친분이 있었지만 해민이는 남의 일에 참견하기 좋아하고 말이 많은 이 아줌마가 영 부담스러웠다.

"안녕하세요."

"그래. 해민이. 엄마 도와서 가게도 보고, 참 기특해."

해민이는 예의상 웃어 보이고 아줌마가 또 말을 걸세라 얼른 책을 보는 척했다. 아줌마는 금방 관심을 돌렸고, 엄마와 지난번 육개장이 맛있었네, 오늘은 멸치가 일찍 동이 났네 하며 이야기를 시작했다. 해민이는 금세 책에 집중했다. 줄

거리는 클라이맥스를 향해 달려가고 있었다. 주인공이 온갖 고난과 역경을 딛고 마지막 장애물을 뛰어넘었지만, 그 달콤한 성공이 사실은 가짜였다는 것이 밝혀지려는 순간이었다. 하지만 그 순간, 아줌마의 입에서 익숙한 이름이 튀어나왔다. 그 이름은 소설 주인공을 제치고 순식간에 해민이의 관심을 잡아챘다.

"그래. 도경이라고, 중학교 다니는 거 같더라?"

"응. 맞아. 우리 해민이랑 같은 학교야."

"그 집 엄마, 큰길가 마트에 이력서 내러 왔었다더라. 거기 계산대 볼 사람 구하거든. 근데 사장이 영 마음에 안 드는 모양이야. 곱상하니 험한 일 한번 안 해 본 것 같다고."

"잘할 것 같은데 왜. 윗집 아줌마 사람 선해 뵈고 좋던데."

"선한지 어떤지야 겪어 봐야 알지. 돈 만지는 사람 구하는데 좀 그렇잖아. 오래 본 사람도 아니고. 남편도 없이 아들이랑 둘만 사는데 무슨 사정 있는지 어떻게 알아?"

"무슨 사정 없는 사람이 어디 있어?"

쫑긋 세우고 있던 귀에 엄마의 냉랭한 목소리가 꽂혔다. 해민이는 단번에 엄마의 기분이 상했음을 알아차렸다. 아줌마도 역시 그랬는지 한풀 수그러든 목소리로 말했다.

"아. 그래, 사정이야 있을 수 있는데……."

"아들이랑 둘이 사는 게 어때서? 둘이 잘 살아 보겠다고 일자리 구하는 사람한테."

"아니, 내 말은 그런 게 아니라. 뭘 또 그렇게 예민하게 받아? 자기는 여기 오래 살았고 사정 알 만한 사람들 다 아는데. 그 집은 생판 모르는 사람이니까 좀 그래서……. 아이고, 내 정신 좀 봐. 빨리 가서 밥해야겠다. 해민아 이거 계산 좀 해 주라."

희영이네 아줌마는 싸움에 진 강아지처럼 꼬리를 내리고 사라졌다. 엄마는 팔짱을 척 끼고 아줌마가 나간 문을 쏘아보았다.

"하여간, 저놈의 여편네는 보태 줄 것도 아니면서 남의 일에 왜 저렇게 말이 많아?"

엄마는 매서운 한마디를 내뱉고는 획 하니 주방으로 들어가 버렸다. 그제야 해민이는 휴 하고 참았던 숨을 내쉬었다. 저 아줌마 언제 한번 말실수할 줄 알았다니까.

'남편 없이 둘만 사는데.'

아줌마가 했던 말이 가슴을 콕콕 찔렀다. 괜히 엄마처럼 팔짱을 척 끼고 아줌마가 나간 가게 문을 쏘아보았다.

"해민아. 인제 됐으니까 넌 들어가서 저녁 먹어."

가게 주방에서 설거지를 하던 엄마가 계산대를 내다보며 말했다.

"배 안 고파요. 이따가 같이 먹어요."

해민이는 읽고 있던 소설책에서 눈을 떼지 않은 채 말했다. 그리고 기어이 엄마가 주방 정리를 마칠 때까지 기다렸다가 함께 가게 문을 닫고 들어왔다. 늦은 저녁을 차리며 엄마가 물었다.

"배고프지? 먼저 먹으라니까."

"정말 안 고팠다니까."

상 위에 따끈한 김이 오르는 밥과 감자볶음, 쥐포조림, 멸치볶음, 고추장아찌가 차려지고, 해민이의 최애 반찬인 닭볶음탕이 메인 메뉴로 올랐다. 매콤한 냄새가 퍼지자 입안에 침이 절로 고였다. 엄마는 국그릇에 시락국을 떠 주며 물었다.

"너 시험 기간 다 됐잖아? 저번에는 성당에서 과외 수업도 해 주고 그러더니 이번에는 안 해 준대?"

"안 그래도 지현이 언니가 전화했어요. 월요일부터 수업하자고."

해민이는 밥을 먹으며 대답했다. 동네 성당에서는 시험 기간 즈음에 대학생들이 무료 과외를 해 주었다. 일종의 교육

봉사인데, 지현 언니는 이를 통해 만났다. 처음엔 한 부모 가정이라 지원 대상에 선정되었다는 사실이 마음에 들지 않았지만 성적이 워낙 찬물, 더운물을 가릴 처지가 아니었기에 수락했다. 그리고 막상 시작해 보니 똑똑하고 성실한 지현 언니도 마음에 들었다. 덕분에 성적도 제법 올랐고.

"잘됐네. 해 준다는 사람 있을 때 열심히 해."

"네. 엄마, 인제 잔소리 좀 그만하고 저녁 드세요."

입을 쭉 내밀며 말하자 엄마는 눈을 한번 흘기고는 숟가락을 들었다. 그리고 밥을 먹다가 다시 말을 이었다.

"걔, 보면 볼수록 괜찮은 애 같더라."

"걔가 누군데?"

"윗집 도경이."

"걔가 왜?"

목소리가 너무 높아진 게 아닌가 싶었지만 엄마는 눈치채지 못한 것 같았다.

"그제, 용이 할머니가 박스 내놓은 거 가지러 오셨거든. 손님이 많아서 내다보지도 못했는데 누가 도와드리더라고. 나중에 보니까 도경이더라. 저기 골목 끝까지 끌어다 드리고 오는 거 있지."

"확실히 걔 맞아요?"

"그럼. 키 훤칠하고 듬직하니 딱 도경이던데."

머릿속에 도경이가 할머니를 도와 손수레를 끌고, 예의 바르게 인사를 하는 모습이 떠올랐다. 잘 어울렸다.

"하나를 보면 열을 안다고, 아들이 그리 착하고 예쁘게 큰 거 보면 엄마가 어떤 사람인지 훤하지. 거 열심히 살아 보려는 사람들한테 쓸데없이 이러쿵저러쿵……."

해민이는 말없이 식사에 집중하는 척했다. 역시나. 엄마는 아까 희영이네 아줌마가 했던 말이 마음에 걸렸던 거다. 남편 없이 자식 키우는 여자로, 이유 없이 욕먹고 손가락질 받는 것이 결코 남의 일이 아니라서.

"자식이 부모 거울이라는 말이 괜히 있는 게 아니야. 그러니까, 너도 잘해. 어디 가서 욕먹을 일 하지 말고."

그 말에 해민이는 짐짓 발랄하게 대꾸했다.

"네, 네. 안 그래도 잘하고 있습니다. 걱정하지 마시지요."

그 대답에 엄마는 또다시 눈을 흘기고는 이내 밥그릇으로 고개를 돌렸다. 엄마가 정말 하고 싶은 말이 무엇인지는 이미 알고 있었다. 주눅 들지 말고 당당하라고. 남의 말에 상처받지 말라고. 엄마가 다, 미안하다고. 해민이는 코끝이 찡해지며 눈물이 나오려는 것을 참았다.

저녁을 먹는 내내 엄마는 도경이를 칭찬하기 바빴다. 윗집 아줌마는 듬직한 아들 둬서 좋겠다, 어찌 저리 잘 키웠누 그래 하면서. 해민이도 부지런히 고개를 끄덕였다. 자기가 칭찬을 받기라도 한 것처럼 마음이 뿌듯했다.

  쉬는 시간에 매점에 들른 해민이와 주영이는 바나나우유를 하나씩 물고 계단을 올랐다.
"맞다! 해민아, 우리 아파트 앞에 스터디 카페 오픈했는데 일주일간 반값이래! 같이 갈래? 효주도 학원 갔다가 온다고 했어."
"진짜? 근데 나 오늘 집에 일찍 가야 돼서."
"왜?"
"오늘부터 과외 수업 시작해."
해민이가 빨대를 힘껏 빨자 쭈르륵 소리와 함께 우유가 빠르게 줄어들었다.
"시험 기간에만 한다는 그 과외?"
"으…… 응."
주영이의 볼이 불룩해졌다. 주영이는 같이 요점 정리하려고 했는데 하며 중얼거리더니 돌연 눈을 반짝이며 물었다.
"해민아. 과외 나도 같이하면 안 돼?"
"응?"

"잘하면 엄마가 시켜 줄 것 같아. 내가 너 과외 받아서 성적 많이 올랐다고 그랬거든."

해민이는 목덜미를 긁적거리며 주영이의 눈을 피했다.

"선생님이 안 된다고 할 것 같은데. 친구랑 하면 집중 안 된다고."

"진짜?"

"응. 되게 엄한 선생님이거든."

"안 놀고 열심히 한다고 하면 되잖아, 응?"

"그게 통하려나 모르겠다."

주영이의 얼굴이 바람 빠진 풍선처럼 시무룩해졌다.

"한번 물어보기나 해, 그럼."

"응, 알았어."

해민이는 건성으로 대답했다. 계단 모퉁이를 막 돌았을 때 수업 종이 울렸다.

"으악. 종 쳤다."

복도를 오가던 아이들이 바쁘게 움직였고 해민이와 주영이도 뛰다시피 걸었다. 그때 3반 교실 뒷문 앞에 서 있는 도경이가 보였다. 해민이는 자기도 모르게 손을 번쩍 들었다.

"강도경!"

도경이는 해민이를 돌아보더니 손을 흔들었다. 해민이도

웃으며 마주 손을 흔들었다. 도경이가 교실로 들어가자마자, 이를 놓칠세라 주영이가 득달같이 물었다.

"뭐야? 너 쟤랑 언제 친해졌어?"

아차. 괜히 알은체했나?

"친하긴. 그냥 인사만 텄어."

그때 복도 끝에서 선생님의 모습이 보였다.

"어? 선생님 오신다. 들어가자."

해민이는 그렇게 말하고 쪼르르 교실로 들어갔다. 주영이도 미적미적 들어와 자기 자리에 앉았다. 뒤통수로 꽂히는 주영이의 미심쩍은 눈초리가 자꾸 느껴졌다.

간만에 만난 지현 언니는 의욕이 넘쳤다. 언니의 기세에 해민이의 의지도 덩달아 불타올랐다. 과외 수업을 마치고 집을 나서는 언니를 배웅하며, 엄마는 어김없이 포장된 반찬들을 내밀었다.

"지현아. 이거 가져가."

"어휴. 매번 이러지 마시라니까요."

언니는 곤란한 표정을 지었지만 어차피 엄마를 이길 수는 없었다.

"고마워서 그래. 딱히 해 줄 것도 없는데······. 양념게장 있으니까 가자마자 냉장고에 넣어. 바로 먹으면 더 좋고."

"감사합니다. 잘 먹을게요."

결국 언니는 반찬 봉투를 받아 들었다. 그리고 해민이를 돌아보며 말했다.

"해민아. 숙제 주말에 풀어 보고 모르는 것 꼭 표시해 놔. 알았지?"

언니가 눈으로 말하고 있었다. 네 성적이 올라야 내 마음이 좀 편하겠어. 정신 똑바로 차려. 가게 앞까지 나가 언니를 배웅할 때 갑자기 주영이의 부탁이 생각났다.

'한번 물어보기나 해, 그럼.'

풀 죽은 주영이의 얼굴이 떠올라 찝찝했지만 지현 언니에게 주영이 이야기를 꺼낼 마음은 없었다. 섭섭하더라도 나 좀 이해해 주라, 주영아.

"안녕히 가세요."

"그래. 다음 시간에 보자."

가게로 다시 들어오니 엄마가 지갑을 챙겨 나오며 말했다.

"해민아. 엄마 잠깐 마트 갔다 올 테니까 가게 좀 보고 있어. 새우젓이 똑 떨어졌네."

"내가 사 올까요?"

"아니, 엄마가 보고 사야 돼. 저기 냉장고 구석에 추어탕 포장해 놓은 거 있거든? 이따 약국 아줌마 오시거든 드려."

"네. 다녀오세요."

엄마가 자리를 비운 사이 해민이는 계산대에 앉아 수학 문제집을 풀었다. 과외 첫날이라 기합이 들어갔는지 문제가 술술 풀렸다. 와, 나 이러다 전교 1등 하는 거 아닌가 몰라. 상상만으로도 입꼬리가 올라갔다. 그때 끼익 하는 소리와 함께 가게 문이 열렸다.

"어서 오세, 어? 도경아."

"네가 가게 보는 거야?"

도경이가 가게로 들어오며 물었다.

"응. 엄마 뭐 사러 가셨어. 반찬 사러 왔어?"

"응."

"이제 남은 거 별로 없는데. 5시에는 와야 맛있는 게 많아."

해민이는 냉장고 앞으로 쪼르르 나와 남은 반찬들을 훑었다.

"저번에 더덕무침 맛있던데."

"더덕? 다 나간 것 같은데."

냉장고 구석구석을 살폈지만 더덕무침은 없었다.

"내일 저녁에 오면 하나 빼 놓을게."

"고마워."

도경이는 잡채와 계란찜을 골랐다. 해민이는 그것들을 받아 계산을 하고 봉투에 포장하면서 물었다.

"아주머니는 집에 안 계셔?"

"응. 요 앞 마트에서 일하게 되셨어. 8시 넘어야 오실 거야."

"늦으시네? 피곤하시겠다."

그때 가게 문이 열리며 손님이 들어왔다.

"해민이 안녕."

'시장 약국' 아주머니였다.

"안녕하세요."

"엄마 안 계셔? 아까 추어탕 포장해 달라고 했는데."

"네. 말하고 가셨어요, 잠시만요."

해민이는 냉장고 앞으로 가서 포장된 봉투들을 살폈다. '약국'이라고 큼직하게 쓰인 하얀 봉투가 있었다.

"여기 있어요."

해민이가 카드를 받아 계산하는 사이에 아주머니는 한쪽에 선 도경이를 힐끔거렸다. 도경이는 말없이 목례를 했다. 아주머니는 그제야 뭔가 생각난 듯 말했다.

"어제 쥐약 사 간 학생 같은데. 맞죠? 해민이 친구인가 보네?"

그 말에 해민이가 움찔했다. 쥐약? 도경이가 고개를 끄덕였다.

"네."

"써 봤어요?"

"아직이요."

"처음이라 그래서 제일 쓰기 쉬운 걸로 준 건데, 잘 모르겠으면 다시 가져와요."

"네."

"갈게, 그럼. 저녁 맛있게 먹어."

아주머니가 나가자마자 해민이가 물었다.

"야, 집에 쥐 나왔어?"

"난 못 봤는데 엄마가 보셨다고……."

해민이가 팍 인상을 쓰자 도경이는 자기가 뭘 잘못한 것처럼 눈치를 보았다.

"그럼 말을 하지 그랬어. 아주머니 놀라셨을 텐데."

"엄마가 놀라시긴 했는데……. 쥐약 놓으면 괜찮겠지."

"너, 쥐 실제로 본 적 없지?"

도경이는 멋쩍게 웃었다. 말하지 않아도 뻔하다. 어디서 그런 걸 봤겠냐.

"엄마한테 말할게. 바로 방역 업체 부르실 거야. 음식하는 집이라 그런 거에 예민하거든. 앞으로 뭐든 불편한 것 있으면 바로 말하고."

"알았어."

해민이는 반찬을 마저 포장해서 건네주었다.

"미안. 원래 오래된 주택은 불편한 게 좀 많아."

그 말이 영 기운 없게 들린 모양이었다. 잠자코 반찬을 받아 든 도경이가 잠시 뜸을 들이다 말했다.

"좋은 것도 많아."

"응?"

대체 그게 뭔데? 해민이는 되묻는 대신 눈을 가늘게 떴다.

"아파트는 층간 소음 심하잖아. 여긴 위층에서 뛰는 사람도 없고, 베란다에서 담배 피우는 사람도 없어서 좋아."

"뭐래, 고작 그런 거."

"고작 그런 게 얼마나 중요한데. 이전 아파트에서는 아래층 사람이 저녁 10시만 되면 피아노를 쳤거든? 베란다 창문 열면 너무 시끄러워서 여름에도 닫고 살았어. 엘리베이터 늦게 올 때는 또 얼마나 짜증 나는데. 여기서는 바쁠 때 그냥 뛰어가면 되잖아."

또, 그리고 또. 하나라도 더 말하려고 미간에 주름을 잡는 도경이를 보며 슬며시 웃음이 났다. 도경이에게는 또래 남학생에게서 좀처럼 볼 수 없는 친절함과 배려심이 있었다. 원체 좋은 사람이면 이런 게 가능한 건가? 그러니까, 뭐, 상대를 좀 특별하게 생각한다거나 하는 그런 이유가 없어도?

"아래층에 반찬 맛집도 있고."

마지막으로 덧붙인 말에 해민이는 아랫배가 간질간질했다.

"알았어. 가서 저녁 먹어. 배고프겠다."

"그래. 잘 먹을게. 내일 봐."

도경이를 보내고 나서 해민이는 두 뺨을 손으로 감쌌다. 어째 자꾸 열이 오르는 기분이었다.

6

❖ **오늘의 의뢰** 　　　　　　　　　　**의뢰자: 오늘만 살자**

여러분! 이럴 수 있습니까? 나이가 어리다고, 학생이라고 이렇게 사람을 무시합니다! 중앙동 사거리에 있는 문구 센터 아시죠? 내가 거기 볼펜을 사려고 갔거든요? 종류가 많아서 고르는데 시간이 좀 걸렸습니다. 근데 점원 하나가 엄청 쳐다보더라고요. 그 눈빛부터가 맘에 안 들었어요.

아니나 다를까. 내가 딱 볼펜을 골라서 카운터로 가니까 나를 위아래로 훑어보더니 좀 전에 슬쩍한 물건을 내놓으라는 겁니다! 이게 무슨 기가 막힌 말입니까? 내가 그런 적 없다고 해도 막무가내로 우기지 뭐예요? 여기 CCTV에 다 찍혔다나 어쨌다나. 난 당당하게 CCTV를 보자고 했죠. 결백하니까요. 그사이에 사장도 나와서 꼬나보고 참나.

점원은 CCTV를 확인하겠다고 들어가더니 한참 만에 나와서는 나더러 뒤돌아 있어서 제대로 안 찍혔네 어쩌네 하더라고요. 결국 증거도 없으면서 사람을 의심한 거였어요. 그때까지도 정신을 못 차리고 자기가 봤다고 난리인 거예요. 결국 사장이 사과하면서 그냥 가라더군요. 장사 똑바로 하라고 따지고 싶었지만 학원 갈 시간도 다 되고 어쩔 수 없이 그냥 나왔어요.

그런데 생각하면 생각할수록 열받잖아요. 어떻게 손님을 도둑 취급할 수가 있죠? 문구 센터에 나 같은 학생 손님이 얼마나 많은데 학생이라고 이렇게 무시하는 겁니까? 저런 가게는 망해야 하는 건데!

내 의뢰는 이겁니다. 누가 지나가다가 저 가게 유리창 좀 깨 주세요. 아주 박살을 내 주셔야 합니다. 가게 안까지 뒤집어 주면 좋겠지만, 그러다간 잡힐 테니까 밖에서 유리창 정도만 깨부숴 주시면 됩니다. 그 정도면 자기들이 뭘 잘못했는지 깨닫고 반성을 하겠죠. 원래 의뢰를 하려던 내용은 따로 있었지만, 이 사회의 정의 구현을 위해 내가 희생을 하겠습니다!!

바둑이 사장이 잘못했네~ 아니, 점원 잘못인가?
우리는 친구 증거도 없이 손님을 도둑으로 몰다니, 혼 좀 나야겠어.

의자왕 트럭 같은 거 타고 가게로 돌진하면 되는 거 아니야??

철수 등신아, 그럼 잡히잖아.

바둑이 빨리 도망가면 되지.

우리는친구 도망가도 요즘은 길거리에 CCTV 다 있어서 찍혀. 차 넘버 찍히면 끝이지.

철수 그래. 저런 건 좀 힘들어도 수동으로 해야 돼. 해머 같은 거 들고.

바람돌이 벽돌 몇 개 연달아 집어 던지면 깨지지 않겠냐?

우리는친구 그래. 제깟 유리가 튼튼해 봐야 얼마나 튼튼하겠어.

바람돌이 근데 진짜 안 훔친 거 맞아? 혹시 증거 없다고 발뺌하는 건 아니고?

철수 그랬든가 말든가 뭔 상관.

바둑이 저런 가게 사장들 꼰대 짓 많이 해. 학생들 덕에 돈 버는 주제에 어리다고 손님 대우도 제대로 안 하고. 한번 뜨거운 맛을 보여 줄 필요가 있지.

우리는친구 맞아. 본때를 보여 주자고.

오즈의마법사 그래서 네가 한다는 거야?

우리는친구 좋아. 못할 거 없지.

오즈의마법사 좋았어. 그럼 낙찰.

'오늘의 의뢰'란에 반짝이던 불이 꺼지더니, '마감'이라는 꼬리표가 덧붙여졌다.

바둑이 와장창 부서지는 거 뉴스 같은 데 나오면 재밌겠다.
철수 바보냐. 그걸 찍히고 있게. 보는 사람 없을 때 해야지.
바둑이 쥐새끼처럼 몰래 하지 말고 당당하게 깨야지 존멋.
오즈의마법사 됐고. 이제 해산.

운영자의 말을 마지막으로 대화가 끝났다.

하늘이 제법 어둑해진 것으로 보아 저녁 7~8시는 된 것 같았다. 화면은 사거리를 비추고 있었고 많은 사람들이 빠른 걸음으로 지나갔다. 모퉁이에 있는 3층짜리 문구 센터는 불을 환하게 밝히고 있었다. 그때 저쪽에서부터 굉음이 들려왔다. 카메라는 소리의 진원지를 찾아 움직였다. 오토바이 한 대가 요란한 소리를 내며 달려왔다. 위험천만하게 운전하는 오토바이에는 두 명이 함께 타고 있었는데 가끔 일대를 돌아다니는 폭주족 같았다. 사람들은 눈살을 찌푸리며 쳐다보았다.

  그들은 문구 센터 앞에서 속도를 줄이더니 인도까지 올라와 오토바이를 멈추었다. 두 사람 모두 모자와 마스크로 얼굴을 감추고 있었다. 뒷자리에 타고 있던 사람은 오토바이가 멈추자마자 준비한 가방에서 무언가를 꺼냈다. 그는 문구 센터 쇼윈도를 향해 뭔가를 쏘는 시늉을 했다. 고무줄을 잡아당겨 쏘는 새총 같았다. 지나가던 사람이 걸음을 멈추고 주춤주춤 뒤로 물러났다. 순간 퍽 소리가 나면서 대형 유리창에 금이 갔다. 가게 안에 있던 점원과 손님들이 놀라 몸을 웅크렸다. 뭔가가 관통하고 지나갔는지 유리창 정중앙에는 구멍이 뚫렸고 사방으로 거미줄 같은 금이 뻗어 나갔다. 순식간에 두 번째, 세 번째 공격이 이어졌다. 마침내 유리창은 버텨 내지 못하고 와장창 소리를 내며 무너졌다. 비명 소리가 쏟아져 나왔다. 유리창이 깨지자마자 운전자는 곧장 오토바이를 출발시켰다. 뒷자리에 탄 사람은 마지막 순간까지도 새총으로 유리창을 겨냥했다. 창틀 모서리에 남아 있던 깨진 유리가 날아가며 파편이 튀었고 근처에 있던 아주머니 한 명이 얼굴을 감싸 쥐며 비명을 질렀다. 주변 사람들이 주저앉은 아주머니 주위로 모여드는 장면을 마지막으로 동영상이 끝났다.

 정우는 어제 인터넷에 올라온 동영상을 몇 번이나 돌려 보았다. 부와왕 달려와 와장창 부숴 버리고 떠나는 모습을 볼 때면 가슴이 터질 것처럼 쿵쾅거렸다. 어제와는 달리 몇몇 장면이 흐릿하게 처리되어 아쉬웠지만 시간이 갈수록 조회 수가 늘고 있었다. 심지어 지역 뉴스에도 이 소식이 나왔다. 유리창을 깰 때 사용한 것은 사냥용 새총과 쇠구슬이라고 했다.
 '그냥 유리창만 깨 달라는 거였는데 이렇게 멋있을 줄이야!'
 자신이 영상 속의 주인공이 되어 오토바이를 탄 것처럼 온몸이 짜릿했다. 이 모든 사건이 자기 의뢰 때문에 일어난 일이라는 것이 제일 신났다.
 "정우야. 아까부터 뭘 그렇게 보는 거야? 학원 안 갈 거야?"
 엄마의 잔소리가 날아왔다. 평소 같으면 신경질을 부렸겠지만 오늘은 그런 것 따위는 상관없었다. 가게 안에서 사장과 점원들이 혼비백산하는 모습이 정말 웃겼다. 특히 자신을 나무랐던 그 점원이 고개도 들지 못하고 덜덜 떨던 장면에서는 속이 뻥 뚫리는 것 같았다.

'감히 날 도둑으로 몰더니 꼴좋다. 내가 멍청하게 CCTV에 찍혔을 것 같아? 거기 카메라가 있다는 건 진작부터 알고 있었다고. 고작 볼펜 하나 슬쩍했다고 큰일이라도 난 것처럼 호들갑을 떨고 있어. 재수 없게.'

정우는 문구 센터에서 훔쳐 온 볼펜을 빙글빙글 돌리며 동영상에 달린 댓글을 읽어 내렸다.

고딩이   세상에 웬 미친놈들이야. 남의 가게 문은 왜 깨부수는데? 정말 요즘 별의별 이상한 놈들 천지라니까.
   ㄴEVERGREEN   그니까. 쟤들 잡을 수 있을까? 번호판은 또 어떻게 가렸지?

FIREBALL   대박! 존* 멋있다. 나도 바이크 사야지.
   ㄴ리나   헐, 이 와중에 뭔 소리. 저런 범죄 보고 멋있다고 하다니.
   ㄴ**압구정멋쟁이**   범죄고 나발이고, 솔직히 멋있는 건 ㅇㅈ.
   ㄴ**세상에나**   어린애들 멋모르고 따라할까 무섭네, 정신 차려라.
   ㄴFIREBALL   하여간 꼰대들. 꺼져.

ROYAL1   저기 사장 재수 없었는데 잘됐네. 그러게 인성 바닥 난 것들이 뭔 장사를 한다고.

┗ **저기요**   너네들이나 인성 챙겨. 미친 거 아니야?

바다   요새 애들 수준이 이렇다니까. 정말 세상이 망하려고 그러는지, 원.

┗ **요즘 애들**   어쭈? 내 욕하냐 지금? 바다 너는 수준이 어떻길래 내 욕을 해? 구린 짓을 했으니까 저런 일을 당하지. 당신이 뭘 알아?

┗ **바다**   무슨 일이 있었대도 정상적으로 대응해야지, 저게 제정신으로 할 짓인가?

┗ **요즘 애들**   정상적인 대응 좋아하네. 법이고 뭐고 다 끗발 있는 사람 편이지, 쥐뿔도 없는 우리 말 들어주기는 하냐?

정우는 자기 편으로 달리는 댓글을 읽으며 히죽거렸다. 마지막으로 한 번 더, 다시 그 영상을 돌려 보았다. 마지막 장면에서는 좀 찝찝한 기분이 들긴 했다. 얼굴에 유리 파편을 맞은 그 아줌마 때문이었다.

'하여간, 빨리 도망갈 것이지 왜 거기 서 있어서는.'

정우는 볼펜을 탁 내던지고 학원에 가려고 자리에서 일어섰다. 가방을 챙기면서 문득 생각난 듯 이맛살을 찌푸리며 중얼거렸다.

"그 싸가지 없는 점원이 대신 맞았으면 더 좋았을걸."

'졸려.'

도경이의 눈꺼풀이 자꾸 내려앉았다. 기술 선생님의 별명이 왜 '수면술사'인지 깨닫는 데는 일주일이 채 걸리지 않았다. 쏟아지는 가을 햇볕에 기술 선생님 특유의 목소리가 더해지자 주술이 시작되었고, 교실에 속한 모든 것들은 속절없이 잠에 취해 들었다. 도경이는 기지개를 켜고 자세를 고쳐 앉았다. 눈앞에 있는 선생님에게 온 신경을 집중해 보았다. 선생님은 무거워 보이는 안경을 코끝에 아슬아슬하게 걸고 설명을 하고 있었다. 모니터와 전자 칠판을 번갈아 쳐다보다가 안경이 미끄러지려는 찰나에 다시 콧잔등 위로 슥 밀어 올려놓았다. 그 순간 도경이는 아빠가 떠올랐다. 노안이 온 것 같다며 교과서를 볼 때마다 안경을 머리 위로 치켜올리던 모습이. 가슴 한쪽이 일렁거렸다. 뭔가 불공평하다고 생각했다. 하루 종일 학교에 있으면서 아빠 생각을 하지 않기란 힘들었다.

아빠가 잘 지냈으면 했다. 꿋꿋하고 담담하게 일어나 하루를 시작하고 보람차고 평온한 저녁을 맞았으면 했다. 엄마와 자신이 떠났다는 사실을 받아들이고 얼른 일상으로 돌아갔으면 했다. 지난번처럼 우리를 찾아와 매달리지 않았으면 했다. 그래야 마음이 편할 것 같았다. 그래야 자신도 바뀐 생활에 적응할 수 있을 것 같았다. 도경이는 한때 아빠에게 존경심을 품었고, 그 후로 크게 실망했으며, 아직도 얼마간은 아빠를 원망하고 있지만 사랑하는 마음 역시 여전했다.

엄마는 아빠와 헤어진 것이 도경이와는 별개의 문제라고 했다. 도경이도 알고 있었다. 오히려 두 분이 진작 헤어지지 않고 그간 꾸역꾸역 관계를 이어 온 가장 큰 이유가 자신이라는 것도. 도경이는 부모님이 헤어지기를 바란 적도 있었고 그러지 않기를 바란 적도 있었다. 지금은 그냥 모르겠다. 모든 것이 다 엉망이라 더 나빠질 것도 없는 것 같았다.

엄마는 아빠와 헤어진 뒤로 약간이나마 활기를 되찾았다. 스스로 생계를 유지해야 한다는 압박감이 멱살을 잡아 엄마를 일으킨 것 같았다. 도경이가 태어나면서 회사를 그만두고 쭉 주부로 살았던 엄마는 15년 만에 다시 이력서를 썼고 집 근처 마트에서 출근하라는 연락을 받았다. 직장에 입고 갈, 편하면서도 단정하고 맵시 있는 옷을 고르느라 골몰하는 엄마를 보며 도경이는 이별의 긍정적인 면을 생각할 수 있었다.

"지식 재산권이란 인간의 정신적 창작물에도 일정한 권리를 부여하는 개념인데, 이게 언제부터 시작됐냐면……."

선생님의 목소리는 도경이의 상념을 깨우는 동시에 희한하게도 다시 졸음을 몰고 왔다. 도경이는 잠을 쫓으려 안간힘을 쓰며 창가를 훑어보았다. 화초들까지도 고개를 숙이고 늘어져 졸고 있는 것 같았다. 축 늘어진 화초들을 따라가다 보니 시선 끝에 뭔가가 들어왔다. 책이었다. 남색 표지에 정자체로 제목이 쓰인 것이, 굉장히 재미없어 보였다. 하지만 뭐라도 해서 잠을 쫓을 생각으로 몰래 손을 뻗어 그 책을 집어 들었다.

'글 사랑 24호, 가림 중학교 문예 창작 동아리 문집'

표지가 구겨지고 먼지가 쌓인 것에 비해 읽은 흔적은 거의 없었다. 표지를 슬쩍 넘겼다. 글자 더미 속에서 익숙한 이름 하나가 눈에 띄었다.

'미확인 비행 소녀, 김해민'

도경이는 자석에 이끌리듯 페이지를 넘겨 해민이의 글을 찾았다. 그리고 한참 뒤 수업을 마치는 종이 울리고 주위가 시끄러워질 때까지 한 번도 고개를 들지 않았다.

"소정아. 너 문예 창작부지?"

점심을 먹고 교실에 앉아 있는 소정이를 보자마자 도경이 입에서 그 말이 튀어나왔다. 전학생이 갑자기 말을 걸어서 놀랐는지 소정이는 눈을 동그랗게 뜨고 풀던 문제집을 덮었다.

"응. 맞아. 근데 왜?"

"나 그 동아리 가입하고 싶어서."

"…… 왜?"

"어? 그냥?"

소정이는 도경이의 대답을 지나치게 곰곰이 생각하는 것 같더니 곧 고개를 끄덕였다.

"알았어. 내가 선생님께 말씀드릴게."

"내가 말씀드려도 되는데. 담당 선생님 누구신데?"

"우리 담임 선생님이야. 어차피 나 과제 때문에 지금 연구실 가야 되거든. 가서 말씀드릴게. 활동 계획이랑 동아리원 명단 보여 줄까?"

소정이는 뭐라 대답도 하기 전에 가방에서 파일을 꺼내 뒤적거리더니 A4 몇 장을 내밀었다.

"우선 이거 보고. 필요하면 복사해 줄게."

도경이는 얼떨결에 종이를 받아 들었다.

"우리 동아리 활동 엄청 열심히 하거든? 시험 기간에도 봐주는 거 없으니까 각오해야 돼. 어려운 것 있으면 내가 도와줄게."

"어. 고마워."

소정이는 자기 동아리에 관심을 갖는 사람이 있어서 기분이 좋은 것 같았다. 굳이 필요하지는 않았지만 소정이가 준 종이를 들고 자리로 돌아왔다. 소정이는 곧 자리에서 일어나더니 교실을 나갔다. 그리고 소정이가 나가기를 기다렸다는 듯이 맨 앞줄에 앉아 있던 아이가 쪼르르 도경이의 앞자리로 와 앉았다.

"강도경. 너 문예 창작 동아리 들 거야?"

그 아이의 이름은 이서준이었다. 넉살 좋고 장난기가 많아서 그런지 그다지 친한 사이가 아닌 도경이에게도 곧잘 말을 붙이곤 했다. 처음엔 전학 온 자신을 챙겨 주는 건 줄 알았는데 매번 오픈 채팅방에 올린 자기 사진에 투표해 달라거나 무슨 유튜브 채널을 구독해 달라는 부탁으로 말을 끝냈다.

"응. 그러려고."

"거기 말고 우리 동아리 들어와. 코딩 동아리인데 게임도 많이 하고 재밌어."

"아."

도경이가 슬쩍 눈을 피하자 서준이는 바싹 몸을 붙이며 말했다.

"야, 너 문예 창작부가 얼마나 빡센지 모르지? 우리 담임 선생님이라 대충 하지도 못해."

"그래도 재밌을 거 같아."

"재미는 무슨."

서준이는 이해가 안 간다는 표정을 짓더니 갑자기 눈을 게슴츠레하게 떴다.

"너 혹시 윤소정한테 관심 있냐? 그래서 그 동아리 들려는 거야?"

"그런 거 아니야."

정색하며 말했지만 서준이는 믿는 눈치가 아니었다.

"정신 차려 인마. 윤소정이 문예부에서 제일 빡셀걸? 내가 걔랑 학원도 같은 데 다니거든? 얼마나 피곤한 앤데. 뭘 적당히 넘어가는 법이 없어."

열심히 하는 사람한테 뭘 그러냐고 하려다 괜한 오해를 부추길 것 같아 입을 다물었다.

"내가 수급평에서 구한 레벨 테스트 문제 보여 줬더니 뭐래는 줄 아냐? 자긴 부정 행위해서 통과하기 싫단다. 참나."

맞는 말 했네. 도경이는 속으로 대답하면서 아까 받은 종이에 눈을 고정했다. 묵묵부답인 도경이를 두고 서준이는 한참을 더 떠들어 댔다.

"오늘 점심 최악이었지 않냐? 사진 맛없어 보이게 잘 나왔는데 올려야지. 오늘의 워스트로 뽑힐 듯? 너 내 사진에 투표 꼭 해라?"

"알았어."

서준이는 그제야 만족한 표정을 지으며 제자리로 돌아갔다.

며칠 후 수업을 마친 도경이는 소정이와 함께 동아리실로 갔다. 소정이는 씩씩하게 인사를 하며 동아리실로 들어섰고 도경이는 그런 소정이를 조용히 따라 들어갔다. 교실을 훑어보니 4인용 책상 4개에 열 명 남짓한 아이들이 앉아 있었다. 낯선 얼굴들 사이로 반가운 얼굴이 보였다.

"해민아, 안녕?"

소정이가 해민이의 맞은편 의자를 당기며 인사를 하자 해민이가 고개를 들었다. 그때 해민이와 도경이의 눈이 서로 마주쳤다.

"어?"

"인사해. 강도경이라고 우리 반에 전학 온 앤데, 우리 동아리 들기로 했어. 도경아. 얘는 2반이고 김해민이야."

"알고 있어."

도경이가 말하자 소정이가 놀란 표정을 지었다.

"너 해민이 알아?"

"응."

도경이가 소정이 옆에 나란히 자리를 잡자 해민이가 물었다.

"너 우리 동아리 들려고?"

"응."

"왜 하필 여길?"

왜 다들 이해가 안 된다는 표정을 짓는지 물으려는데 문이 열리고 선생님이 들어왔다.

"다 왔지? 시작하자. 오늘은 지난 시간에 하던……. 아, 맞다, 도경이. 여러분. 신입입니다. 인사해라, 도경아."

선생님께서 다짜고짜 인사를 시키는 바람에 도경이는 엉거주춤 자리에서 일어났다.

"2학년 3반 강도경입니다."

짧은 인사를 마치자 아이들이 짝짝 박수를 쳐 주었다.

"그럼 지난 시간에 하던 릴레이 소설 쓰기 이어서 계속하

자. 그리고 도경이는…… 거기 책꽂이에 입부 신청서 있거든? 일단 그거부터 써."

다른 친구들이 활동지를 찾아오는 동안 도경이는 입부 신청서를 썼다. 다 써 놓고 둘러보니 다들 책상에 고개를 박고 열심히 뭔가를 쓰고 있었고 선생님은 두툼한 종이 뭉치를 읽고 있었다. 정면에는 해민이의 작고 동그란 정수리가 까딱까딱 움직이고 있었다. 고심하는 표정이 머리 꼭대기에도 나타나는 것 같았다.

"자. 도경아."

선생님이 불쑥 책 한 권을 눈앞에 내려놓았다. 표지에는 '중학생이 읽어야 할 단편 모음집'이라고 쓰여 있고, 유사시에 무기로 사용할 수 있을 것같이 두꺼웠다.

"이거 읽고 제일 마음에 드는 것 세 편 골라서 감상 평 써 와. 일단 다음 시간까지. 다른 애들은 벌써 다 읽었어."

헉 소리가 튀어나올 뻔했다. 해민이가 슬쩍 고개를 들어 자신을 쳐다보았다. 입술을 꼭 다물고 눈으로 웃고 있었다.

'넌 잘못 걸렸어.'

도경이도 웃음이 나오려는 것을 참았다. 그때부터 수업을 마칠 때까지 열심히 책을 읽었다. 그럴 때가 아닌데 이상하게 느긋한 기분이 들었다. 단편 2개를 다 읽었을 때 선생님이 이야기했다.

"오늘은 여기까지. 다 쓴 거 바구니에 내고 가라."

아이들은 활동지를 제출하고 하나둘 교실을 빠져나갔다. 선생님은 바구니를 정리하며 소정이와 해민이에게 말했다.

"글은 다 고쳐 왔지?"

"네."

두 사람은 가방에서 종이를 꺼냈다. 소정이는 곧바로 선생님에게 건넸고, 해민이는 미적거리며 마지못해 내밀었다.

"고치긴 했는데…… 고치면 고칠수록 더 산으로 가는 기분이에요."

"완벽하게 마음에 들길 바라는 건 욕심이야. 그동안 수고했어. 특별히 손볼 곳 없으면 이대로 내일 제출할게. 다들 잘 가라."

선생님은 과제들을 챙겨 교실을 나갔다. 그때 요란한 소리가 울렸다. 소정이가 손목에 차고 있던 스마트워치를 눌러 알람을 껐다.

"나 학원 갈 시간이라 먼저 갈게. 그럼 도경아, 해민아. 다음에 봐."

"그래. 잘 가."

소정이까지 바쁘게 사라지고 나니 동아리실에는 둘만 남

았다. 도경이가 가방에 묵직한 책을 챙겨 넣는 것을 보고 해민이가 말했다.

"여기 온다는 걸 아무도 안 말렸어?"

"반응이 안 좋긴 했어. 왜 그랬는지 이제 알겠다."

"그러게 왜 우리 동아리를 골랐어?"

웃음기와 진지함이 반반 섞인 얼굴로 해민이가 물었다.

"사실은."

도경이는 가방에서 문예 동아리 문집을 꺼냈다.

"교실에 이게 있길래 읽어 봤거든."

해민이의 눈이 휘둥그레졌다.

"그걸 읽었다고?"

"응. 재밌던데?"

"너 취향 되게 특이하다? 그거 우리 교실에도 엄청 쌓여 있는데 아무도 안 읽어."

도경이는 문집 한 페이지를 척 펼쳐 해민이가 잘 보이게 들었다.

"너, 글 잘 쓰더라. 네가 쓴 게 제일 재밌었어."

어리둥절해하던 해민이의 얼굴이 정확히 3초 후에 빨개졌다.

"야, 야! 너 그거 내놔."

문집을 빼앗으려는 해민이를 피해 도경이는 두 손을 번쩍 들어 올렸다.

"벌써 다 읽었어."

"어우! 처음 써 본 거라 진짜 엉망이란 말이야!"

"잘 썼던데 뭘 그래."

"됐어, 입에 발린 칭찬 사양이야."

해민이가 양 손바닥으로 얼굴을 가린 채 말했다.

"진짜야. 시간 가는 줄 모르고 읽었어."

"……."

"동아리도, 네 글 마음에 들어서 가입한다고 한 거야."

얼굴을 가린 손가락 사이로 빼꼼 눈이 드러났다.

"정말?"

"진짜라니까. 소설 내용에 되게 공감 갔어. 주인공도 멋있고."

가려져 있던 얼굴이 슬금슬금 드러났다. 해민이는 큼큼 목소리를 가다듬고 말했다.

"그게 그렇게 공감할 만한 내용이었던가? 구체적으로 어디가 마음에 들었는데?"

잠시 두 눈이 반짝거린 것 같았다. 도경이는 손에 든 문집을 처음부터 끝까지 휘리릭 휘리릭 몇 번 넘겼다.

"동병상련 같은 거 아닐까?"

"응?"

"전에 봤잖아. 우리 아빠."

"아."

순간 해민이의 얼굴에 당혹감이 스치고 지나갔다. 역시, 그때 일을 마음에 두고 있었구나.

"미안해. 엿보려던 건 아니었는데······."

"괜찮아. 딱히 비밀도 아니고. 우리 엄마랑 아빠, 이혼하셨어. 정확히는 아직 소송 중이지. 이번에 이사 온 것도 사실 집에서 나오게 돼서 그런 거야."

해민이는 말없이 고개를 끄덕였다.

"한동안 힘들긴 했어. 엄마, 아빠 일도 그렇고 새 학교 적응하는 것도. 괜히 겉도는 바람에 학교에 이상한 소문난 것도 알아. 사실 네가 먼저 말 걸어 줬을 때 고마웠어. 막연히 너희 집도 뭔가 사정이 있지 않을까 했었는데, 네 글 읽으니까 알겠더라. 이거 네 이야기지?"

해민이는 수긍의 의미로 슬쩍 미소를 지었다. 그리고 잠시 고민하는 것처럼 입술을 달싹거리다가 물었다.

"그, 소문이라는 거 말이야. 어떻게 된 건지 물어봐도 돼?"

해민이의 질문을 듣고 도경이는 좀 의외라고 생각했다. 해민이는 남의 사정에 관심이 없을 줄 알았다. 말 못 할 것은 없지만 어디서부터 시작해야 할지 고민이 되었다. 생각을 정리하는 동안 도경이의 심장이 점점 빠르게 뛰었다. 문득 그런 생각이 들었다. 사실은 누군가에게 이 이야기를 털어놓고 싶었던 것이 아닐까 하는.

"별로 재미있는 이야기는 아니야."

응, 도경이의 말에 해민이가 입을 굳게 다물고 들을 준비가 되었다는 듯 고개를 끄덕였다.

7

도경이 아빠는 중학교 교사였다. 담당 과목은 도덕. 아빠는 도덕 선생님답게 정의로운 사람이 되라는 말씀을 많이 했다. 말뿐만이 아니었다. 길을 가다가 무거운 짐을 든 할머니를 보면 도와드렸고, 단정치 못한 모습을 하고 우르르 몰려다니는 중고등학생들을 훈계하기도 했다. 엄마는 아빠의 이런 모습을 '오지랖'이라며 못마땅해했지만 도경이는 그런 아빠가 자랑스러웠다. 좀처럼 남 앞에 나서지 못하는 도경이에게 늘 말하는 대로 행동하는 아빠는 멋진 존재였다. 그런 아빠를 닮고 싶었지만 쉽지 않았다. 아빠가 도경이의 소심한 성격을 내심 아쉬워한다는 것도 알고 있었다. 자식들은 생각보다 눈치가 빨라서 부모님이 자신에게 어떤 기대를 갖고 있는지, 자신이 그에 얼마나 부응하고 있는지를 직감으로 알았다. 그래도 도경이는 아빠가 일구어 놓은 삶의 방식을 기꺼이 따라가고 싶었다.

도경이는 중학생이 되어 아빠가 근무하는 사립 중학교에 입학했다. 적응하는 것은 어렵지 않았고 새로 만난 친구들과도 잘 어울렸다. 가끔 아빠가 같은 학교 교사라는 사실을 비아냥대듯 말하는 아이들도 있었으나 대부분은 크게 개의치 않았다. 학교생활이 무난했던 것과는 반대로, 집안은 위태로웠다. 부모님 사이가 눈에 띄게 나빠진 것이다. 어떤 계기가 있었던 건지 아니면 원래 좋지 않았던 관계가 그제야 드러난 것인지는 모르겠다. 자려고 누우면 방 안으로 엄마 아빠의 격양된 목소리가 날아들었고, '이혼'이라는 단어가 오르내릴 때도 있었다. 숨 막히는 분위기가 힘들었던 도경이는 도망치듯 등교해서 독서실에서 시간을 보내다 밤 늦게야 집에 들어가곤 했다.

문제의 발단이 된 사건은 2학년 여름 방학을 한 달 남짓 남기고 일어났다. 그날도 일찌감치 학교에 온 도경이는 화장실에 갔다가 소위 일진이라고 불리는 박진영의 무리가 모여 있는 것을 보았다.

'아침부터 뭐 하는 거야?'

지나치던 도경이의 눈에 무리가 에워싸고 감추고 있는 물건이 얼핏 보였다. 콘돔이었다. 전날 보건 선생님이 피임 기구에 관한 수업을 할 때 유난히 키득거리며 소란을 떨더니 기어이 저걸 가지고 온 모양이었다.

'쟤들은 저런 게 재밌다고 생각하는 건가.'

속으로 혀를 찼지만 모른 척 고개를 돌렸다.

1교시 수업 시간이었다. 쉬는 시간이 얼마 남지 않았을 때, 몇몇 아이들이 속닥거리며 손에서 손으로 뭔가를 전달하기 시작했다. 마지막은 박진영이었다. 박진영은 앞자리에 앉은 태준이를 가리키며 웃는 시늉을 했다.

"부르는 사람 나와서 연습 문제 풀어 봐라."

수학 선생님의 말과 함께 아이들의 관심이 모두 선생님의 입으로 모였다.

"1번하고 27번."

도경이는 문제를 풀기 위해 일어나 칠판 앞으로 나갔다. 그때 하필이면 박진영이 의자 등받이에 걸린 태준이의 가방 안으로 뭔가를 집어넣는 장면이 눈에 들어왔다. 저게 뭘까 하는 생각을 하긴 했지만 문제를 푸는 데 정신이 팔려 이내 잊어버렸다. 그리고 그 사실을 다시 떠올리기 전에 일이 벌어졌다. 수업이 끝나고 선생님이 교실을 나가자마자 박진영은 태준이의 가방 안에 콘돔이 들어 있다며 호들갑을 떨었다. 순식간에 호기심 왕성한 남자아이들이 모여들었고 여자아이들의 비명 소리가 터졌다. 누군가 '노태준 이 변태 새끼'라고 고래고래 소리를 질러 댔다. 도경이네 반에서 가장 작고 늘 주눅이 들어 있는 아이, 태준이는 울 것 같은 표정으로 자기 것이 아니라고 항변했다. 하지만 소용없었다.

불편한 얼굴을 하고 있는 아이들도 있었다. 태준이 것이 아니라잖아 하며 소심한 목소리를 내기도 했지만 더 크고 시끄러운 목소리들에 금세 묻혔다. 조롱과 경멸이 섞인 눈빛들 속에서 그 아이들은 입을 다물었고 도경이 역시 마찬가지였다. 태준이가 질 나쁜 장난에 휘말렸다는 것을 알았지만 선뜻 박진영 무리 앞에 나서서 따질 용기가 없었다. 솔직히 자기까지 피해를 볼까 봐 두려웠다. 하루이틀 저러다 말겠지, 내가 끼어든다고 뭐가 바뀌겠어 하며 외면하는 것이 더 쉬웠다.

하지만 자극적인 소문은 날개가 달린 듯 퍼져 나갔다. 태준이가 지나가는 것만 봐도 소리를 지르며 피하는 아이들이 생겼다. 박진영 무리는 사건이 잊힐 틈을 주지 않았다. 심심할 때마다 그 일을 언급하며 이죽거렸고 태준이는 점점 더 궁지로 몰렸다. 태준이는 잔뜩 움츠리든 어깨로 사람을 피해

다니더니 학교에 있는 내내 책상에 엎드려 미동도 하지 않게 되었다. 그 모습을 볼 때마다 도경이는 가슴에 돌덩어리를 얹어 놓은 것 같은 기분이 들었다.

"노태준은 왜 바보같이 당하고만 있는 거야? 누구한테 말이라도 하던가."

한번은 친하게 지내는 아이들 중 하나가 말했다.

"말해 봐야 무슨 소용이야. 어차피 박진영네 애들은 장난이었다고 대충 넘어갈 텐데. 나중에 일렀다고 더 난리 날걸."

다른 아이가 말했다.

"학폭 신고하면 되지."

"그게 그렇게 간단하겠냐? 솔직히 뭘 가지고 신고해? 쟤들이 콘돔 가지고 왔다고 놀렸어요? 그렇게 따지면 놀린 사람이 한둘이야?"

"그냥 놀린 게 아니잖아. 처음부터 쟤들이 시작했을 텐데……."

"그렇다는 증거 있어? 네가 봤냐?"

"아니, 그건 아니고."

당당하던 목소리가 한풀 수그러들었다.

"솔직히 노태준이 별수 있어. 자기 편들어 줄 사람이 없잖아. 집이 잘살기를 해, 공부를 잘하기를 해, 친구가 있기를 해."

 도경이는 친구들의 한마디 한마디가 너무 부끄러워서 하마터면 입바른 소리를 할 뻔했다. 하지만,

 '네가 다를 게 뭐가 있어?'

 순간 도경이의 머릿속에는 꾸짖는 아빠의 얼굴이 떠올랐다. 차라리 아무것도 못 봤다면 얼마나 좋았을까. 못난 생각이라는 것을 알면서도 그런 마음이 들었다.

 그날 밤, 도경이는 고민 끝에 학교 홈페이지에 들어갔다. 학교 게시판에 자신이 봤던 내용과 박진영 무리가 한 짓들을 조목조목 적어 비밀 글로 남겼다. 이렇게 하면 아무 피해도 입지 않고 조용히 문제를 해결할 수 있지 않을까, 그때만 해도 그런 알량한 생각을 했다.

 다음 날, 담임 선생님의 부름에 태준이가 어리둥절한 얼굴로 따라 나갔다. 그리고 뒤를 이어 박진영의 무리가 번갈아 가며 호출을 받았다. 교실로 돌아온 무리들 중 누군가는 대놓고 기분 나쁜 티를 냈고 누군가는 어이없다는 듯 웃었다. 누군가는 허공을 향해 욕을 해 댔다. 그때마다 태준이는 뭘 잘못한 사람처럼 움찔거렸다. 오후가 되자 이번에는 학생부에서 아이들을 불렀다. 줄줄이 불려 나가는 무리들을 보며 반 아이들은 재미있는 구경거리를 보듯 눈을 빛냈다. 하루,

이틀이 지나고 아이들은 새로운 화젯거리가 생기길 바랐지만 별다른 일은 없었다. 변한 게 있다면 박진영 무리가 좀 잠잠해져서 전처럼 마구 설치고 다니지는 않는다는 것 정도였다. 그래도 태준이는 여전했다. 교실 한쪽에 있는 화분처럼 하루 종일 자리만 지키고 있다가 때가 되면 사라졌다.

"아빠. 우리 반 태준이 말이에요. 학폭 신고한 것 같던데 어떻게 됐어요?"

일이 어떻게 돌아가는 건지 궁금했던 도경이는 아침 식사를 하다 지나가는 척 아빠에게 물었다. 아빠는 도경이를 힐끔 쳐다보더니 금세 시선을 거두며 말했다.

"노태준 말이지? 그거 잘 끝났어."

도경이가 눈살을 찌푸렸다. 이렇게 끝났다고?

"반 애들끼리 장난이 지나쳤던데, 놀린 애들한테 알아듣게 이야기하고 사과하는 걸로 마무리했어. 태준이라는 아이도 잘한 건 없지. 학교에 콘돔 같은 걸 가지고 와서 소란스럽게 했으니."

"장난이라뇨. 그리고 그거 태준이 거 아니에요. 걔들이 태준이 괴롭히려고 일부러 가방에 넣은 거예요. 봤다는 애들도 있어요."

아빠는 잠시 찡그린 얼굴로 도경이를 쳐다보다가 수저를 내려놓았다. 아빠는 피곤한 얼굴로 관자놀이를 누르며 말했다.

"뒤에서 수군대는 애들 말은 믿을 게 못 돼. 그리고 친구들 사이에서 일어난 일은 잘잘못을 가리는 것보다 화해하고 잘 지낼 수 있게 하는 게 더 중요하고. 계속 같은 반에서 얼굴 봐야 하잖아."

"하지만 잘못도 인정 안 한 애들이 반성할 리가……."

"도경아. 무슨 걱정하는 줄은 알겠는데, 사과받는 선에서 적당히 넘어가고 싶다고 한 건 태준이야. 너도 알겠지만 친구 관계는 누가 대신 해결해 줄 수 있는 게 아니잖아? 서툴고 힘들어도 스스로 해결해야 하는 게 있는 법이니까. 태준이도 그걸 아니까 신고해서 일 키우고 싶지 않다고 한 걸 테고."

"태준이가 신고를 안 하겠다고 했다고요?"

"그래. 본인도 힘들겠지만 어떻게든 이겨 내려고 하고 있으니까 믿으면서 좀 기다려 보자."

도경이는 태준이가 그랬다는 것이 믿어지지 않았다. 그래도 달리 할 말은 없었다. 박진영이 이전만큼 날뛰지 않는 건 사실이었다. 어쩌면 정말 이제 다 해결된 건지도 몰랐다. 아빠가 그렇다고 하니까 그런 거겠지. 찝찝한 마음이 남았지만 솔직히 이쯤에서 끝나길 바라는 마음도 있었다.

"봤다고 하는 아이가 누군지는 모르겠지만, 그 친구도 더 나서지 않는 게 좋을 것 같구나. 다 끝난 문제에 괜히 끼어들어 본인만 피해 보는 수가 있어."

아빠는 쐐기를 박듯 그렇게 말했다.

이쯤 되면 방학을 해야 되는 거 아니냐. 아이들 입에서는 날마다 그런 말이 튀어나왔다. 축축 늘어지는 날이 반복되다가 아침부터 비가 쏟아졌을 때는 속이 다 후련했다. 하지만 쉬지 않고 내린 비가 습도를 착실하게 높였고 정오에 가까워지자 공기가 후텁지근하다 못해 묵직해졌다.

점심을 먹고 돌아오는 길이었다. 급식실 연결 통로를 덮은 초록색 지붕은 비가 올 때마다 틈새로 빗물이 떨어졌는데 그날은 유독 심했다. 두 걸음에 한 번씩 빗물이 후드득 떨어지고 있었고 아이들은 그 구간을 전속력으로 달려 지나갔다. 도경이도 잽싸게 본관 입구까지 뛰었다. 계단 앞에 도착해서 교복과 머리에 묻은 빗방울을 털어 내고 있는데 급식실 앞에서 떠들썩한 소리가 들렸다. 고개를 돌려보니 급식실 앞에서 낄낄거리고 서 있는 것은 박진영이었고 통로 반대쪽에 선 것은 그의 친구들이었다. 그리고 통로 한가운데에 태준이가 오도 가도 못한 채 서 있었다. 떨어지는 빗물을 고스란히 맞으면서.

"또 시작이냐."

옆에 있던 친구가 혀를 찼다. 한동안 조용했던 박진영은 다시 태준이를 못살게 굴기 시작했다. 전처럼 노골적이진 않았지만 교묘하고 치졸했다. 장난이라는 둥, 같이 놀았다는 둥 대충 얼버무려 빠져나갈 만한 짓들을 자꾸 벌였다. 누가 봐도 학생부에 불려 가 수모를 겪었던 일에 대한 복수 같았다. 그렇다면 상황을 이렇게 만든 것은 자신이었다. 도경이는 속에서 뭔가가 자꾸 치밀었다. '화'라기에는 염치가 없고 아마도 '수치심'에 가까운 감정이었다.

"도경아. 가자."

도경이는 자신을 잡아끄는 친구에게 무력하게 이끌려 걸음을 옮겼다.

"맞다. 너네 그거 들었어?"

그 아이는 그렇게 말하고는 누가 들을세라 주위를 한번 살폈다. 왁자지껄한 복도에서 아무도 자신들을 주목하고 있지 않았지만 그 아이는 입가에 손을 가져다 대며 목소리를 낮추었다.

"누가 그러던데 박진영, 쟤네 집하고 우리 학교 재단 이사장하고 옛날부터 아는 사이라더라."

"엥? 진짜야? 어떻게 알아?"

"학교 홈페이지에 개교기념일 행사 사진 있거든? 거기 이 사장 옆에 서 있는 사람이 박진영네 아빠라던데?"

"헐. 대박."

"그래서 박진영이 저렇게 나대는 거야?"

"어쩐지. 저렇게 설치고 다녀도 안 걸리는 게 신기하더라니."

아이들은 확인도 안 된 말을 떠들어 대기에 바빴고, 그러는 사이에 소문은 사실이 되어 갔다.

"그래서 그랬구나. 어쩐지."

"뭐가?"

"저번에 쟤들이 운동장에서 태준이한테 물 뿌리면서 괴롭히고 있었거든? 그때 생활부장이 지나가는 거야. 완전 딱 걸렸다고 생각했는데 그냥 못 본 척 지나가더라고. 생각해 보니까 거기 박진영이 있어서 그런 것 같아."

"야."

"생활부장 그렇게 안 봤는데 완전 비겁하지 않냐? 다른 애들한테는 뻑 하면 학폭위를 여니 어쩌니 협박하면서."

"……그만해."

한참 신나게 이야기를 하던 아이는 갑자기 주변 아이들이 눈치를 주자 영문을 모르겠다는 얼굴이 되었다.

"뭐? 왜?"

주위를 돌아보던 그 아이는 도경이와 눈이 마주치고 나서야 입을 다물었다. 생활부장 선생님은 도경이의 아빠였다. 순간, 얼굴도 모자라 도경이의 목까지 시뻘겋게 달아올랐다. 교실로 돌아와 자리에 앉은 뒤에도 한참 동안 도경이의 심장은 쿵쾅거렸다. 설마. 그럴 리가. 뭔가 오해가 있겠지. 애써 침착하려고 노력했다. 하지만 마음에서는 불안감이 스멀스멀 피어올랐다. 태준이 문제에 미온적이었던 아빠의 태도가 자꾸 마음에 걸렸다.

감기 기운이 있다던 엄마는 약을 먹고 일찍 잠자리에 들었고 도경이는 현관문 앞을 지키며 아빠를 기다렸다. 11시가 넘어서야 집에 들어온 아빠는 도경이를 보자마자 반갑게 말했다.

"도경이 아직 안 잤어?"

"다녀오셨어요?"

눈이 마주친 짧은 순간, 아빠는 도경이의 얼굴에서 무엇인가를 읽어 낸 듯했다. 삽시간에 얼굴이 어두워지더니 방으로 들어가려던 걸음을 멈췄다.

"도경아. 아빠한테 뭐 할 말 있니?"

아빠는 겉옷도 벗지 않은 채 소파로 와 털썩 앉았다. 도경이는 굳은 얼굴로 아빠 앞에 섰다. 속에 있는 말을 다 쏟아 내고 싶은 건지 계속 모르는 척하고 싶은 건지 확신이 없었다. 분명한 건 가슴을 짓누르는 돌덩이가 너무 커져서 더는 숨쉬기조차 힘들다는 거였다. 도경이는 한참 만에 입을 뗐다.

"저번에 말씀드린 우리 반 태준이요."

"……또 그 이야기야? 네가 그 친구에게 관심이 많구나? 다 끝난 줄 알았는데."

"아뇨. 안 끝났어요. 태준이 괴롭히던 아이들 아직도 그대로예요."

아빠는 답답한 표정으로 안경을 벗고 마른세수를 했다.

"하루아침에 달라지긴 힘들어. 태준이에게 변할 기회를 주기로 했잖아. 시간을 갖고 지켜봐야지."

"변할 기회가 필요한 건 태준이가 아니라 박진영이에요. 잘못을 인정하게 해야죠."

'박진영'이란 이름이 나오자 아빠의 표정이 눈에 띄게 굳었다. 지친 얼굴에 피곤과 짜증이 묻어났다.

"아빠가 내일 애들 불러서 다시 이야기해 볼 테니까……."

"그럼 저도 부르세요. 박진영이 무슨 짓을 했는지 봤다는 사람 저예요. 학교 게시판에 신고도 제가 했고요."

아빠가 멈칫하는가 싶더니 깊은 한숨을 내쉬었다. 굳어 버린 얼굴을 감추려는 듯 계속 마른세수를 했다. 마디가 불거진 두 손에 가려 아빠의 표정이 보이지 않았다. 도경이의 심장 박동이 빨라졌다. 아빠가 그걸 왜 이제야 말하냐고 화내 주기를, 비겁한 자신에게 크게 실망했기를 초조하게 기다렸다.

"알고 있어, 도경아."

애써 감정을 누른 듯한 아빠의 목소리와 함께 쿵, 하고 심장에서 뭔가 떨어져 나갔다. 아빠가 고개를 들었다. 늘 당당하던 눈빛이 갈피를 잡지 못하고 흔들렸다.

"아빠가 알아서 할 테니까, 절대 그런 소리 입 밖에 내지 마라. 넌 이 일이랑 상관없는 거야."

넌 끼어들면 안 돼. 이건 선생님들이 알아서 할 문제야. 무슨 소리가 더 들렸지만 도경이에겐 더 이상 의미가 없었다. 그건 아빠가 해서는 안 되는 말이었다.

5교시는 체육이었다. 선명한 파란색 하늘에 샛노란 태양이 이글거렸다. 몇몇 아이들은 뙤약볕을 피해 그늘로 숨어들었고 또 몇몇 아이들은 운동장을 뛰어다녔다. 체육 선생님은 아직 보이지 않았다. 조회대 앞에는 수업용으로 꺼내 놓은 야구공과 방망이 따위가 줄지어 놓여 있었다.

그때 박진영이 야구 방망이를 집어 들더니 한껏 폼을 잡았다. 반장이 말렸지만 무시했다. 박진영이 방망이를 붕붕 휘두르는 바람에 근처에 있던 아이들이 황급히 물러났다. 박진영 무리의 다른 아이들도 덩달아 방망이며 공을 가지고 장난을 치기 시작했다.

"야, 너 공 한번 던져 봐."

박진영이 공을 들고 있는 아이에게 말했다. 그 아이는 투수마냥 심각한 표정을 지으며 박진영 쪽으로 공을 던졌다. 박진영은 날아오는 공을 향해 힘껏 방망이를 휘둘렀지만 방망이는 공을 스치지도 못했다. 박진영이 볼썽사납게 휘청대다 멈추는 모습에 구경하던 아이들이 숨을 죽여 웃었다. 분했는지, 박진영이 갑자기 '씨발'이라는 소리를 내뱉었다. 순간 주위는 찬물을 끼얹은 듯 조용해졌다. 그래도 분이 풀리지 않았는지 박진영은 주위를 둘러보기 시작했다. 그러다가 태준이를 보고는 입꼬리를 올리며 그를 불렀다.

"야, 노태준. 너 공 좀 던져 봐라."

태준이는 몸을 움찔하며 박진영을 돌아보았다. 엉거주춤

서 있는 태준이를 향해 박진영이 소리쳤다.

"뭐 해? 빨랑 공 던지라니까!"

태준이는 쭈뼛거리며 옆에 있던 야구공을 집어 들었다. 박진영을 마주 보고 자리를 잡은 태준이가 힘없이 공을 던졌다. 공은 박진영의 근처에도 가지 못하고 떨어졌다.

"제대로 못 던지냐? 너 또 이따위로 던지면 가만 안 둘 줄 알아."

박진영이 엄포를 놓자 태준이는 울 것 같은 표정으로 공을 다시 주워 왔다. 그 모습을 지켜보던 도경이가 눈살을 찌푸렸다. 무슨 일이 일어날 것 같은 느낌이었다. 다른 아이들도 걱정 반, 호기심 반으로 그 모습을 쳐다보고 있었다. 태준이가 다시 공을 던지려고 폼을 잡았다. 눈을 질끈 감더니 온 힘을 다해 내던졌다. 이번에는 제법 힘이 실린 공이 날아갔다. 하지만,

"으악!"

그대로 날아간 공은 박진영의 어깨를 때리고 떨어졌고 박진영은 소리를 지르며 몸을 움츠렸다. 박진영은 공에 맞은 어깨를 감싸 쥐고 아픈 척을 했다. 구경하던 아이들이 수군거리기 시작했다. 박진영은 '개새끼야'를 연발하며 태준이에게 성큼성큼 다가갔다. 태준이는 진작부터 덜덜 떨고 있

었다.

"아, 씨발, 너 일부러 맞춘 거지?"

"아, 아니야. 실수였어."

박진영은 태준이의 말을 듣지도 않고 방망이를 마구 휘둘렀다.

'제발, 하지 마.'

도경이가 주위를 둘러보았지만 모두들 눈치만 보고 있었다. 태준이는 덜덜 떨며 뒷걸음질을 쳤다. 급기야 박진영은 방망이를 고쳐 잡고 태준이를 쿡쿡 찔러 대기 시작했다. 태준이가 악 소리를 질렀다. 주변은 술렁였지만 누구 하나 앞장서 말리는 사람은 없었다.

'넌 이 일이랑 상관없는 거야.'

아빠의 목소리가 귓가에 맴돌았다. '모르는 척하라고요? 그게 너무 힘들면 어떻게 해야 해요?' 도경이는 손톱이 살에 파고들 정도로 힘껏 주먹을 쥐었다. 마침내 온몸을 쥐어짜는 듯한 소리로 외쳤다.

"그만해!"

반 아이들 모두가 놀란 표정으로 도경이를 쳐다보았다. 박진영도 눈을 부라리며 돌아보더니 시뻘게진 얼굴로 도경이에게 성큼성큼 다가왔다.

"뭐데 끼어들고 지랄이야!"

 듣는 사람이 움찔할 만한 고함에도 도경이는 이를 악문 채 움직이지 않았다. 박진영은 술 취한 사람처럼 달아오른 얼굴을 도경이의 코앞으로 들이밀었다. 아이들 사이에서 헉 하는 소리가 들렸다. 박진영은 구경꾼들을 힐끔거리다가, 연기라도 하듯 과장되게 웃으며 한 걸음 뒤로 물러났다. 그리고 양손으로 방망이를 움켜쥐고 타격 연습을 하는 것처럼 천천히 휘둘렀다. 방망이 끝이 곡선을 그리며 도경이의 눈앞을 지나갔다. 수군거리는 소리가 커졌다. 도경이는 입술을 굳게 다물고 박진영을 똑바로 쳐다보았다. 여전히 도경이의 발은 바닥에 박힌 듯 서 있었다. 등줄기에서 땀이 흘러내렸고 주먹을 쥔 손이 남몰래 떨렸다. 그때, 박진영이 온 힘을 실어 야구 방망이를 다시 한번 휘둘렀다. 그와 동시에 도경이는 반사적으로 왼팔을 들어 올리며 얼굴을 막았다. 박진영이 휘두른 방망이가 정확하게 도경이의 팔을 때렸다.

 뭔가 부러지는 소리와 함께 주변 아이들이 비명을 질렀다. 도경이는 팔을 감싸 쥐고 주저앉았다. 꼭 다문 잇새로 신음 소리가 흘러나왔다.

 "거기 뭐 하는 짓이야!"

 저 멀리서 체육 선생님의 고함 소리가 들려왔다. 도경이가 겨우 고개를 들어 올렸을 때, 가장 먼저 눈에 들어온 것은 얻어맞은 사람보다 더 얼빠진 얼굴을 하고 있는 박진영이었다. 팔이 부러진 도경이는 곧바로 병원으로 실려 갔다. 엄마와 아빠가 차례로 병원에 도착했다. 엄마는 도경이를 보자마자 눈물을 쏟았고 아빠는 도경이의 다친 모습을 보고 아무 말도 하지 못했다.

팔 상태는 좋지 않았다. 도경이는 병원에 입원을 하고 수술을 받았다. 학교 소식을 전해 들은 것은 그로부터 한참 후였다. 그동안 학교는 발칵 뒤집어졌다고 했다. 한동안 박진영의 부모님이 학교를 들락거렸고 생전 얼굴 한번을 볼 수 없었던 이사장까지 얼굴을 비추었다고. 학교 폭력 위원회가 열리니 어쩌니 하며 한참을 떠들썩했던 사건은 결국 박진영이 전학을 가며 마무리가 되었다.

도경이네 집도 큰 변화를 맞았다. 엄마가 아빠에게 이혼을 선언한 것이다. 아빠가 미련을 버리지 못하고 버티는 바람에 이혼은 소송으로 이어졌다. 소송이 마무리되기도 전에 엄마는 이사를 결정했고 도경이 역시 엄마를 따라가기로 했다. 새로 얻은 집은 살던 곳에서 꽤 떨어진 수현구에 있었고, 학교도 전학을 가야 했지만 차라리 잘됐다는 마음이었다. 계속 아빠가 근무하는 학교에 다니기에는 남의 시선이 부담스러

왔고, 아빠를 마주치는 것도 힘들었다.

입원, 전학, 부모님의 이혼, 이사까지. 짧은 시간 동안 평범해 보이던 도경이의 삶은 엉망이 되어 버렸다. 이사와 전학을 마친 도경이는 모든 일에 의욕이 없었다. 새로운 생활에 적응하려고 굳이 애쓰지 않았고, 누군가와 친해지려 하지도 않았다. 딱 하나, 예외가 있긴 했다. 해민이라는, 엄마와 단둘이 살고 있는 아랫집 딸에게 관심이 갔다. 자신과 나이도 학교도 같은 이 아이는 가족 사정마저도 비슷한 것 같았다. 마침내 동아리 문집에서 '김해민'이라는 이름을 발견했을 때에는 그 글이 도경이를 끌어당겼다. 심장이 두근거리며 뛰었다.

한 사람이 말했습니다.

"나는 돌에서 나왔어. 내가 돌처럼 튼튼하고 강한 건 내가 돌에서 나왔기 때문이야."

그는 산어귀의 큰 돌을 정성스레 닦고 우러러보았습니다. 다른 누군가는 말했습니다.

"나는 불에서 왔어. 내가 불을 잘 피우고 또 잘 다루는 것은 그때문이야."

그는 자신의 거처에 항상 불을 피우고 꺼지지 않도록 지켰습니다. 또 다른 누군가는 말했습니다.

"나를 데리고 온 건 사자야. 내가 용감하고 사냥을 잘하는 건 사자의 아들이기 때문이지."

그는 벽마다 사자의 그림을 그려 놓고 숭배했습니다. 그들은 소녀에게 물었습니다.

"그럼 너는?"

소녀는 말했습니다.

"나는 무엇으로부터 오지 않았어. 나는 그냥 여기 있었어."

모두 고개를 저었습니다.

"그럴 순 없어."

"그럼 넌 우리와 어울릴 수 없어."

소녀는 슬펐습니다. 다른 이들은 모두 알고 있는 것을 알지 못한다는 것이 슬펐고, 그래서 남들과 다르다는 것이 슬펐습니다. 소녀는 홀로 높은 곳으로 올라갔습니다. 거기에 앉아 생각하고 또 생각했습니다.

"나는 어디에서 왔을까?"

오랫동안 생각해도 떠오르지 않았고, 때로는 크게 소리쳐 물어도 아무도 답하지 않았습니다. 소녀는 지쳐서 생각하기를 멈췄습니다. 소녀는 자리에서 일어섰습니다. 그리고 절

벽을 향해 달렸습니다. 허공을 향해 마지막 걸음을 내디딜 때 소녀는 비로소 그런 생각이 들었습니다.

"내가 어디에서 왔는지는 중요하지 않아. 중요한 건 내가 날 수 있다는 거야."

소녀는 창공을 향해 날아올랐습니다.

내가 어디에서 왔는지는 중요하지 않다. 중요한 건 '내가 무엇을 할 수 있는지'다. 도경이는 눈을 감았다. 소녀의 손을 잡고 함께 날아오르는 자신의 모습이 그려졌다.

"아빠는 결국 학교를 그만두셨대. 얼마 전에 알게 됐어. 친구분 일을 돕기로 하셨다는데 자세한 건 모르겠어."

담담하게 말하던 도경이의 입에서 결국 한숨이 새어 나왔다. 해민이는 뭔가가 심장을 꾹 누르는 것 같은 기분이 들었다.

"괜히 나서서 모든 걸 망쳐 버린 것 같다는 생각이 들어. 나만 가만히 있었으면 별문제 없었을 텐데."

"후회해?"

"……조금?"

"속 시원한 건 없고?"

해민이가 묻자 도경이가 갸웃했다.

"그건 생각해 본 적 없는데."

도경이의 미간에 주름이 잡히는 것이 보였다. 하나, 둘, 셋, 넷, 다섯. 이게 이렇게 고민할 일이야? 그러다 도경이는 엄청난 것을 깨달은 듯 말했다.

"좀 그런 것 같기도 하고?"

해민이는 그만 웃어 버렸다. 도경이도 너털웃음을 터뜨렸다.

"와, 나 진짜 최악이다. 다 망쳐 놓고 혼자 속 시원해하다니."

도경이가 머리를 헝클이자 손목뼈가 도드라져 보였다. 축 처진 어깨를 토닥토닥 두드려 주고 싶었다.

"네가 무슨 재주로 다 망쳐? 우리는 마음대로 할 수 있는 게 별로 없어서 망칠 수 있는 것도 없어. 넌 네가 해야 할 일을 했어. 이제 어른들 일은 어른들이 알아서 하게 둬뒤."

도경이의 눈이 정말 그래도 될까, 하고 묻는 것 같았다. 해민이는 고개를 끄덕였다. 도경이가 말했다.

"우리 엄마, 오지랖 부리는 거 되게 싫어하시거든. 내가 한 일이 딱 오지랖인데 그래도 나한테는 잘했다고 하시더라. 근데 그 말을 들으니까 더 잘못한 것 같아."

"엄마가 그런 말은 안 하셔? 집안일 신경 쓰지 말고 공부나 열심히 하라고?"

"해."

"그럼 엄마 말 들어."

도경이가 쿡 웃었다. 이번엔 어이가 없어서 웃는 것 같았다. 해민이는 앉은 자리에서 발을 앞뒤로 흔들거리다 말했다.

"우리 엄마는 말이야."

"응."

"맨날 넌 네 인생 살라고, 엄마 인생은 엄마가 알아서 할 거라고 해. 엄마가 힘들어 보여도 대신 짊어지려고 하지 말라고. 고통은 충분히 고통스럽고 나면 괜찮아지는 거래. 괜찮아지려고 힘든 거니까 걱정하지 말래."

도경이는 아무 말 없이 해민이를 보고 있었다.

"너한테 중요한 건 네 문제니까, 그거나 잘하래. 잠깐은 외면할 수 있지만 결국 마주 봐야 끝이 나는 것, 그게 진짜 자기 문제랬어."

"아주머니 되게 멋있으시네."

"근데 그 이야기는 꼭 이렇게 끝나. 그러니까 공부 좀 해. 네 성적을 마주 보라고!"

도경이가 하하 웃었다. 그래서 해민이도 웃었다.

"아마 너희 엄마가 하고 싶은 말도 비슷할 거야."

"네 말 들으니까 다 별일 아닌 것 같아. 난 뭐가 이렇게 어려웠지?"

"원래 남의 말 하는 건 쉬워. 내 앞가림이 어렵지."

그러자 도경이가 다시 웃었다. '뭘 자꾸 웃어? 혹시 나한테 사람 웃기는 재주가 있는 걸까?' 해민이는 생각했다. 잠시 후 도경이가 한결 편해 보이는 얼굴로 물었다.

"넌 뭐가 어려운데? 말해 봐. 나도 남의 말이니까 쉽게 해 줄게."

도경이의 진심 어린 말에 해민이는 갑자기 다 털어놓고 싶다는 마음이 들었다. 도경이의 비밀을 들어 놓고 나만 가만 있을 순 없지 않겠나 하는 이상한 정의감을 핑계 삼아.

"우리 엄만, 미혼모야."

도경이의 동공이 커지는가 싶더니, 곧 다시 침착해졌다. 해민이는 이게 잘하는 짓인가 싶었지만 이제 와서 한 말을 주워 담을 수도 없었다.

"난 아빠 얼굴 본 적도 없어. 지금 우리 집에서 할머니, 엄마랑 같이 살다가 재작년에 할머니가 돌아가시고 이제 엄마랑 둘이야."

"그랬구나. 난 너네 부모님도 우리 엄마 아빠처럼 이혼하신 줄 알았어."

"나 아빠 없는 거야말로 우리 동네에서는 비밀도 아닌데, 할머니가 생전에 하도 거짓말을 많이 하고 다녀서 정확한 사정을 아는 사람은 없어. 처음에는 해민이 아빠는 외국에 일하러 나갔다고 했다가, 나중에는 건설 회사 다니다 사고로 죽었다고 그랬다가……. 뭐가 진짠지 동네 아줌마들이 다 궁금해하는데, 엄마가 그 이야기만 꺼내면 불같이 화를 내니까 못 물어봐."

충동적으로 시작한 이야기가 봇물 터지듯 흘러나왔다.

"집 근처 중학교 안 가고 여기로 온 것도 일부러 그런 거야. 나 아는 애들 피하려고. 우리 집 사정 어설프게 알면서 수군대는 거 싫었거든."

공감한다는 듯 도경이가 천천히 고개를 끄덕였다.

"웃기지? 나, 겉으로는 아닌 척하면서 사실은 온 세상 눈치 다 보고 산다? 누가 아빠 뭐 하시냐고 물어보면 대충 가게 한다고 둘러대고, 초등학교 애들 만나기 싫어서 학원도 안 다녀. 제일 친한 주영이한테도 이런 이야기 제대로 한 적 없어."

"그 마음 알 것 같아."

"근데 난 싫어. 쿨하고 당당하고 싶어. 이런 내가 너무 구질구질해."

이렇게까지 솔직해질 생각은 아니었는데. 꼭 이때가 아니면 평생 기회가 없을 것처럼 꽁꽁 감춰 놓았던 못난 생각들이 튀어나왔다. 태어나서 처음으로 털어놓은 고백이었다. 엄마에게도, 친구에게도 한 적이 없었다. 내 출생이 부끄럽고, 정상 가족이 아니라서 부끄럽고, 쥐 나오는 낡은 집에 사는 게 부끄럽고, 이런 걸 부끄러워하는 내가 부끄럽다고.

"너 안 구질구질해. 되게 멋있는데?"

"뭐래. 그건 내가 그동안 가식적으로 살아서 그래."

"뭐가 가식적이야. 너 훤히 다 보여."

"거야, 너한텐 다 보여 줬으니까……. 아, 됐다, 됐어."

해민이는 얼른 말을 주워 담았다. 도경이가 '나한텐 왜 보여 줬냐' 하고 물을까 봐. 도경이가 말했다.

"그간 가식적이었는지 어땠는지는 모르겠지만 내가 본 넌 항상 멋있었어. 솔직하고 싶으면 솔직하고 아니면 말아. 그 어느 쪽이라도 괜찮아."

헉. 얘 왜 이렇게 다정한 거야? 도경이의 말이 고마운 동시에 부끄러웠다.

"오, 강도경. 너 완전 득도한 사람 같다? 너는 평소에 눈치 안 보고 사나 보지?"

"우리 지금 남의 말 하고 있는 거 아니었어?"

해민이와 도경이는 동시에 웃음이 터져 버렸다. 하하하 웃음소리가 동아리실을 가득 채웠다. 속이 후련했다.

"네 말대로 그 소설, 내 이야기 생각하면서 쓴 거야. 주인공처럼 남의 시선 무시하고 내 갈 길 갈 수 있는 사람이 이상형이야. 내가 바라는 나."

"그래. 꼭 그렇게 될 거야."

해민이는 도경이와 마주 보며 미소를 지었다. 마음속 깊은 곳에서부터 편안한 숨이 흘러나왔다. 자신의 비밀 아닌 비밀을 처음으로 고백한 사람이 강도경이라니. 그동안 이상하리만치 이 아이가 신경 쓰였던 건 이렇게 되려고 그랬던 건가, 싶었다.

"우리 동아리에 잘 왔어. 환영해. 앞으로 잘해 보자."

해민이는 불쑥 손을 내밀어 악수를 청했다. 도경이는 그 손을 한번 쳐다보더니 천천히 마주 잡았다. 먼저 손을 내밀어 놓고 간지러운 기분이 드는 건 왜일까. 해민이는 마주 잡은 손을 붕붕 흔들었다.

"너 내 번호 모르지? 가르쳐 줄게."

손을 놓고 휴대폰을 찾는 동안 카페인 음료를 들이켠 것처럼 해민이의 심장이 쿵쾅거렸다.

집으로 돌아온 해민이는 좀처럼 가만히 앉아 있을 수가 없었다. 아까부터 딱 꼬집어 말할 수 없는 감정들이 오락가락하며 자꾸 마음을 뒤숭숭하게 했다. 처음에는 밀린 숙제를 해치운 것같이 뿌듯했다. 조금 지나니 소풍 가기 전날처럼 들뜨고 설레는 기분이 들었다. 그러다 아랫배가 간질간질하면서 묘한 긴장감이 찾아왔다. 한참을 침대에 누웠다가, 일어나 앉았다가, 방 안을 서성거리기를 반복하다 마침내 자신이 해야 할 일이 떠올랐다. 책상으로 가서 앉은 뒤 종이와 연필을 꺼냈다. 구질구질하지만, 그렇게 싫지는 않은 '나'에 대해서 튀어나오는 생각들을 써 내려갔다. 잠깐 사이에 종이가 메워졌고, 다음 장, 그리고 다음 장으로 넘어갔다. 정말 두서없는 글이 되겠구나 하고 생각하면서도 콧노래가 흘러나왔다.

'일단 쓰고 나중에 다듬으면 되겠지. 일단 쓰자고.'

연필을 쥔 손이 춤추는 것처럼 통통 튀어 올랐다. 글을 쓰며 신이 났던 게 대체 얼마 만인가 싶었다.

8

 국어 선생님은 대회 마감일에 새 원고를 들이미는 해민이를 보며 울상을 지었다.

 "그러니까, 정말 이걸로 내겠단 말이야? 너 그동안 그렇게 고생해서 써 놓고 후회 안 하겠어? 나중에 바꿔 달라고 해도 못 바꿔."

 선생님은 몇 번을 묻고 또 물은 뒤, 마지막으로 한숨을 내쉬며 해민이의 글을 받아 주었다.

 "정 그렇다면 어쩔 수 없지. 네 글이니까."

 국어 선생님은 얼굴에 아쉬움을 한가득 남긴 채, 고생했다는 말과 함께 해민이의 머리를 슥슥 쓰다듬었다.

 본격적으로 중간고사의 압박이 시작되었다. 선생님들은 돌아가며 '시험 기간이니 정신 좀 차리라'는 주문을 했고, 특히 담임 선생님의 잔소리는 날마다 더 길어졌다. 아이들은 틈만 나면 공부를 핑계로 모여 앉았다. 물론 그중 누군가가 꼭 딴소리를 시작했고 결국엔 끝없는 수다가 펼쳐지긴 했지만 말이다. 수업을 마치면 누군가는 학원으로, 누군가는 독서실로 바쁘게 사라지는 날들이 이어졌다. 다행히도 주영이는 과외에 대해서 다시 묻지 않았다. 해민이는 내심 안도하며 자신도 대답을 잊은 척 넘겨 버렸다. 그러는 사이에 중간고사가 2주 앞으로 다가왔다.

"근데, 해민아. 2층에 이사 온 남학생 있지? 너랑 같은 학교라는 거 같던데?"

과외를 마치고 한숨을 돌리던 중 지현 언니가 물었다. 갑자기 도경이 이야기가 나오자 해민이의 눈이 동그랗게 커졌다.

"네. 어떻게 아세요?"

"들었지. 성당 아줌마들이 얼마나 말이 많은데. 애가 착하다며?"

"맞아요. 좋은 애예요."

"둘이 친한가 보네? 혹시 그 친구는 과외 안 필요하대? 너만 괜찮으면 같이 해도 되는데."

"정말요? 그럼 완전 좋죠! 도경이도 좋아할 거예요."

"그럼 네가 한번 물어봐. 좋다고 하면 다음 수업부터 같이 하자."

"네! 감사합니다."

해민이는 지현 언니를 배웅하자마자, 이 기쁜 소식을 알리기 위해 곧장 도경이에게 달려갔다. 도경이는 물론, 도경이네 엄마도 무척 반가워했다. 사실, 지현 언니가 이런 제안을 했다는 것은 도경이네와 해민이네 사정이 엇비슷하다는 것을 온 동네가 알고 있다는 뜻이었다. 예전 같았으면 찝찝한 마음이 먼저 들었겠지만 이젠 상관없었다. 어찌 되었건 도경이에게 도움이 된다면 그걸로 좋았다.

등교하자마자, 해민이는 동아리 긴급 모임 공지를 받았다.

'엥? 갑자기 왜? 수업 마치고 과외 있는데? 너무 늦어질 것 같으면 살짝 빠져나와야겠다.'

도경이와 함께 과외하는 첫날인데 지각하고 싶지 않았다. 방과 후, 서둘러 가방을 챙기고 있는데 주영이가 깡총 뛰어

해민이 자리로 왔다.

"해민아, 우리 유나 언니네 카페 가자. 내가 쏠게."

"오늘은 안 돼. 동아리 모임 있어."

"또? 왜 맨날 모이는 거야, 그 동아리는?"

주영이는 뾰족한 눈을 하고는 더 뾰족한 목소리로 물었다.

"강도경, 그 동아리 들어갔다며?"

"어, 맞아. 그건 또 어떻게 알았어?"

"네가 말 안 해도 다 아는 수가 있거든?"

주영이의 샐쭉한 표정에 뜨끔한 기분이 들었다.

"내가 일부러 말 안 했겠냐? 에이, 까먹은 거지. 알잖아, 나 잘 까먹는 거."

그래도 주영이의 표정은 풀리지 않았다. 해민이는 짐짓 모르는 척 남은 책들을 가방에 쑤셔 넣었다.

"금방 끝나지? 기다릴까?"

"오래 걸릴 수도 있어. 먼저 가."

"……치."

"카페는 내일 가자. 대신 내가 내일 생과일주스 쏠게."

"알았어."

부루퉁한 주영이를 어떻게 달래 줘야 하나 고민할 때 마침 효주가 다가왔다.

"주영. 너 바빠? 나랑 쫌만 놀아 주다 가라. 나 학원 차 기다려야 돼."

주영이는 알았다고 대답하고는 홱 돌아서 효주에게로 갔다. 해민이는 두 사람에게 인사를 하고 서둘러 교실을 나왔다.

동아리실에 도착하자 열린 문틈 사이로 아이들이 모여 있는 것이 보였다. 소정이와 도경이의 모습도 보였다. 해민이가 문 안으로 들어서자 아이들이 갑자기 환호성을 질렀다.

"와! 김해민 왔다."

"축하해. 해민아."

어안이 벙벙해 주위를 둘러보았다. 한쪽에 서 있던 국어 선생님이 흐뭇한 표정으로 말했다.

"자, 해민이 왔으니 축하부터 하고 시작하자. 학생 문예 창작대회 '공감 에세이' 부문 대상입니다. 김, 해, 민!"

환호성과 함께 박수 소리가 쏟아졌다. 너무 놀라 입이 절로 벌어졌다.

"진짜예요?! 진짜 제가 대상이라고요?"

선생님은 환하게 웃으며 대답했다.

"진짜지, 그럼. 그리고 또 한 명, 윤소정. '공감 에세이' 부문 우수상. 소정이도 축하해."

아이들은 연달아 박수를 치며 환호했다. 해민이도 소정이를 쳐다보며 따라 박수를 쳤다. 소정이는 미소를 지으며 친구들의 축하에 화답했다. 잠시 소정이와 눈이 마주쳤다. 소정이는 순식간에 고개를 돌렸지만 뭔가 서늘한 것이 스쳐 지나간 기분이었다.

"자, 우리 동아리 부원들이 이렇게 우수한 성적을 거두니까 선생님이 너무 행복하다. 다들 자극 많이 받길 바라고 열심히 도전해 봐. 그리고 다음 달 활동 계획 나왔는데……."

선생님이 안내를 시작하자 친구들과 해민이는 각자 빈자리로 가서 앉았다.

'내가 대상이라니. 거짓말 아니지?'

가슴이 콩닥거려서 숨을 쉬기 힘들었다.

"과제 책 목록 다시 확인하고, 책 안 읽고 와서 입 꾹 다물고 있는 사람 없도록 해라."

"선생님, 시험 기간인데 과제라니 너무해요."

"맞아요. 공부할 시간도 없는데."

"시험공부하다가 머리 아플 때 읽으면 되겠네."

"으악, 너무해요."

아이들이 웅성거리거나 말거나 해민이의 머릿속은 딴 세상이었다. 허벅지도 한번 꼬집어 봤다. 헉. 안 아프다. 그럼 이거 꿈인가? 안간힘을 써서 다시 꼬집었다. 비명을 지를 뻔했다. 눈물도 찔끔 났다.

"해민아. 축하해."

도경이가 옆으로 와서 축하 인사를 건넸다. 선생님은 이미 나갔고, 아이들도 우르르 동아리실을 빠져나가고 있었다.

"응. 고마워. 근데 이거 진짜겠지? 나중에 뭔가 잘못됐다고 연락 오면 어떡하지?"

"그럴 리가."

해민이는 자리에서 일어나서 한 걸음을 뗐다가 다시 도경이를 돌아보았다.

"도경아. 나 상 받았어. 진짜 맞지?"

"맞아. 진짜야."

와, 세상에. 진짜래. 그제야 조금씩 실감이 났다.

"좀 비켜 줄래?"

소정이였다. 해민이가 물러서자 소정이는 주변을 쳐다보지도 않고 동아리실에서 나가 버렸다. 왜 저렇게 기분이 나빠 보이지? 상까지 받아 놓고? 아주 잠깐, 소정이의 냉랭한 얼굴이 신경 쓰였지만 행복한 기분에 밀려 이내 사라졌다.

"과외 시간 안 늦었지?"

도경이가 말했다.

"응. 지금 가면 돼."

"학교 앞 카페 들러서 마실 것 포장해 가자. 내가 살게."

"됐어. 안 마셔도 돼."

"선생님 드실 것 사가면 좋잖아. 너 상 받은 것도 기념하고."

"야, 그럼 내가 사야지."

"넌 다음에 사."

"그렇게까지 사고 싶다면 거절하진 않겠어."

두 사람은 웃으며 나란히 복도를 걸어갔다. 해민이의 발걸음은 구름 위를 걷고 있는 것처럼 가벼웠다. 이 세상 모든 운이, 행복이, 기쁨이 지금 여기 있는 것 같았다.

소정이는 입술을 꼭 깨물고 학교를 빠져나왔다. 울음이 터지려는 것을 가까스로 참았다. 해민이가 좋아서 어쩔 줄 몰라 하던 모습이 눈앞을 떠나지 않았다. 학교 정문에서 큰길을 따라 걸었다. 사방이 같은 교복을 입은 아이들로 북적였다. 버스 정류장을 지나고 사거리에서 모퉁이를 돌고 나니 교복을 입은 학생이 반의반으로 줄어들었다. 하지만 긴장을 늦추지 않고 계속 걸었다. 이윽고 골목 두 개를 지나 세 번째 골목 앞에서 멈췄다. 이제 주변에는 사람이 거의 없었다. 이 골목 맨 안쪽에는 오래된 동전 노래방이 있었다. 솔직히 더럽고 후졌다. 학교 앞에 새 동전 노래방이 생긴 이후로 아이들에게 잊힌 곳이다. 하지만 그래서 소정이는 가끔 이곳을 찾았다. 지금처럼 머리가 터져 버릴 것 같은 순간에 꼭 필요한 소정이의 아지트였다.

목구멍까지 꽉 차오른 무언가를 토해 내고 싶다고, 악을 쓰고 소리를 지르고 싶어도 아무 곳에서나 그럴 순 없다. 그런 꼴을 남들에게 보일 수는 없다. 예전에는 화가 날 때마다 자기 방으로 들어가 문을 잠갔다. 진이 빠져 쓰러질 때까지 울고 소리치다 보면 조금은 속이 시원해졌다. 엄마 아빠는 저녁 늦게야 들어오기 때문에 나무랄 사람도 없었다. 가끔 물건을 집어 던질 때도 있었다. 부서져 버린 물건은 누가 보기 전에 깨끗하게 치워 두었다.

하지만 생각지도 못한 복병이 있었다. 바로 위층에 사는 아줌마였다. 아줌마는 저녁 시간에 맞춰 엄마 아빠를 찾아왔다. 한참 동안 어른들 사이에서 대화가 오갔고 엄마 아빠의 얼굴은 점점 창백해졌다. 그 일로 엄마는 소정이를 병원에까지 데리고 갔다.

그 뒤로 찾아낸 곳이 여기다. 노래방 문을 열고 들어서자 특유의 퀴퀴한 냄새가 훅 끼쳤다. 실내는 컴컴했지만 금방 어둠이 눈에 익었다. 양쪽으로 늘어선 노래방 부스 몇 개에서 시끄러운 소리가 울려 퍼졌다. 소정이는 거침없이 맨 안쪽 부스로 들어가 문을 닫았다. 지저분한 소파에 앉아 지갑을 꺼냈다. 여기는 카드 결제 기능이 없어서 무조건 현금을 써야 했다. 상관없었다. 설사 카드 결제가 됐다고 해도 현금을 썼을 것이다. 이런 곳에 자주 온다는 것을 엄마 아빠에게 들키고 싶지 않았다. 천 원짜리 지폐를 기계에 넣고 크라잉넛의 '말 달리자'를 입력했다. 이미 외우고 있는 번호를 누르자 익숙한 반주 소리가 귀청을 찢을 듯 울려 퍼졌다.

"으아악!!!"

그제야 소정이는 악을 쓰며 소리를 질렀다. 마이크 없이도 부스가 쩌렁쩌렁 울렸다. 꾹꾹 참았던 울음이 터져 나왔다.

"악! 악! 으어엉. 으아, 짜증 나 죽을 것 같아!"

일어나 발을 쾅쾅 굴렀다. 내친김에 소파 아랫부분도 몇 번 걷어찼다. 이렇게 엉망인 모습을 누군가에게 들킨다면 어떻게 될까. 리모컨을 눌러 소리를 최대로 키웠다. 귀청이 터질 듯 시끄러운 반주 소리가 흘러나왔다. 금방 노래가 끝났다. 소정이는 같은 곡을 다시 눌렀다. 두 번째를 지나 같은 노래가 세 번째 나올 때까지도 악을 써 댔다. 네 번째에 이르자 드디어 기운이 빠졌다. 그래도 분이 풀리진 않았다. 자리에 주저앉아 꺽꺽 울었다. 시끄러운 반주는 계속 이어졌고 화면에서는 말들이 뛰어다녔다.

'대상은 내 거라고.'

더 이상이라고 할 수 없을 만큼 노력을 했다. 밤새워 원고를 몇 번이나 새로 썼는지 모른다. 고작 학생 문예 대회에서도 대상을 타지 못했는데 대작가가 될 수 있을 리 없다. 이제 다 망해 버렸다. 대체 왜. 김해민이 뭔데? 적당히, 대충 하고 말았을 거, 안 봐도 안다. 내 노력도 제대로 된 보상을 받지 못하는데, 네가 왜?

설마. 타고난 재능이니 뭐니 그런 건가? 아니, 그럴 리가. 그런 아이에게 능력이 있다는 건 너무 불공평하다. 자신이 가진 것 이상의 무엇을 그 아이가 가졌다는 생각만으로도 소정이는 가슴이 찢어질 것 같았다.

'뭔가 부정행위를 한 거 아닐까?'

한 줄기의 빛처럼 그런 생각이 스쳤다. 그래, 어쩌면. 김해민은 처음부터 대회에 나갈 생각이 없었다. 그런 아이가 대상작을 뚝딱 만들어 냈을 리가. 혹시 남의 글을 베낀 거 아닐까? 맞아! 그러고 보니 김해민, 대회 마감일에 갑자기 새 원고를 가져와 냈다고 했어. 틀림없는 표절이야!

점처럼 작은 의심이 소정이의 머릿속에 뿌리를 내리고 싹을 틔웠다. 순식간에 줄기가 굵어지고 잎이 자라더니 덩굴이 되어 사방으로 뻗어 나갔다. 그래. 정정당당하게 했다면 내가 질 리 없잖아. 김해민이 표절을 해서 내 상을 빼앗아 갔어. 심장이 쿵쾅거리고 몸이 부들부들 떨렸다.

어느덧 음악 소리가 멈추고 화면에는 더 부르려면 연장을 해야 한다는 안내 문구가 길게 지나갔다. 소정이는 마음이 급했다. 당장 사실을 알리고 바로잡아야 해. 내 상을 찾아와야 해. 김해민은 아니라고 잡아떼겠지? 선생님께 말할까? 하지만 선생님은 늘 해민이 편을 드는데. 어쩌면 이미 표절이라는 걸 알고 있으면서도 모른 척하는 건지도 몰라. 세상에. 선생님이란 사람이 어떻게 그럴 수가 있지?

그때 날카로운 알람이 울렸다. 스마트워치를 보니 화면에 '수학 학원'이라는 문구가 깜박거리고 있었다. 손목에 차고 있던 스마트워치를 잡아 뜯듯 풀어 벽에 집어 던졌다. 지금 학원이 문제야? 스마트워치는 벽에 부딪힌 다음 힘없이 바닥에 떨어졌다. 두 손으로 얼굴을 감싸고 고개를 숙였다. 늘 스마트워치로 가려져 있던 왼쪽 손목에 길고 가느다란 흉터가 드러나 보였다.

잠시 멈췄던 알람이 다시 울렸다. 독촉하는 듯한 소리에 속이 싸하게 아팠다. 학원에 늦으면 엄마한테 연락이 갈 거고 그럼 일이 커진다. 소정이는 엄마의 걱정 가득한 목소리를 듣고 싶지 않았다. '우리 딸, 엄마한테 다 말해 봐. 이유가 있겠지. 엄마는 소정이를 믿어.'

바닥에서 시끄럽게 울리는 스마트워치를 주워 알람을 끄고 다시 손목에 찼다. 일단, 학원부터 가야 해. 노래방 유리창을 거울 삼아 엉망이 된 얼굴을 다듬었다. 남들 눈에 이상해 보이지 않기를 바라며 심호흡을 한 다음 자리에서 일어났다.

학원 수업은 마음만큼이나 엉망진창이었다. 선생님의 질문에 대답도 제대로 못 했고 쉬운 문제조차 풀지 못해 버벅거렸다. 선생님도 오늘따라 정신을 차리지 못하는 소정이에게 신경이 쓰이는 것 같았다. 수업을 마치고 아이들이 가방을 챙기는 동안 유독 강조해서 말했다.

"소정이 내일 레벨 테스트지? 정신 바짝 차려. 이번에 통과 못 하면 다음 테스트까지 두 달은 더 기다려야 돼."

그제야 내일 S반 레벨 테스트가 있다는 것이 생각났다. 입 안이 썼다. 윤소정 바보 멍청이. 문예 대회 결과를 기다리느라 들떠 있는 바람에 정작 레벨 테스트 준비를 제대로 하지 못했다. D반에서 지금 있는 A반까지 올라오면서 한 번도 떨어진 적이 없었지만 S반 시험은 극악의 난이도로 유명했다.

"소정이가 우리 학원에서 최단 기간에 S반까지 간 학생이 될 것 같네요. 호호호."

엄마 앞에서 그렇게 말한 원장 선생님이 원망스러웠다. 실패할 때마다 자신을 위로하며 다음에 잘하면 된다고 하는 엄마 아빠였지만 두 분 모두 정말 아무 기대도 하지 않을 리는 없다. 다음도, 그다음도 실패라면 절대 괜찮지 않을 것이다. 소정이는 엄마 아빠가 자신을 끔찍하게 사랑하는 만큼 기대 또한 크다는 것을 잘 알고 있었다.

'하지만, 만약에, 내가 그런 사랑을 받을 만한 자격이 없다면?'

실망할 부모님의 모습을 생각하니 시커먼 구덩이 속으로 꺼져 버리는 기분이 들었다. 집에 오자마자 저녁을 대충 때우고 수학 문제집을 꺼냈다. 엉덩이가 저려 오고 어깨가 뻐근할 정도로 앉아 있었지만 끝이 보이지 않았다. 심화 문제는 풀리지 않은 채 계속 제자리였고 남은 범위는 너무 넓었다. 결국 연필을 집어 던졌다. 이게 다 무슨 소용이야?

'우리 학원 레벨 테스트 문제 다 구할 수 있다니까?'

누군가의 목소리가 거짓말처럼 머릿속을 스치고 지나갔다. 언제, 누구에게 들은 말인지 기억나지는 않았지만 그때 그 말을 한 애를 얼마나 한심하게 봤는지는 기억이 났다. 후회, 분노가 뒤섞여 아랫입술을 자국이 남도록 꼭 깨물었다.

결국 휴대폰을 꺼내 채팅방을 열었다. 'SP 수학 학원, 레벨 테스트 문제…….' 더듬더듬 키패드를 눌렀다. 손이 떨려서 자꾸만 오타가 났다. 조금씩 차오르는 눈물이 금방이라도 떨어질 것 같았다. 나는 그런 애들이랑은 달라. 하지만 지금은 정말 어쩔 수 없으니까. 딱 이번 한 번만이야.

마법소녀 힘들고 괴로운가요? 누군가 해결사처럼 짠 나타나 문제를 해결해 줬으면 하고 바라시죠?

'이게 뭐야?'
눈물로 앞이 아른거려서 채팅방에 올라온 글이 제대로 보이지 않았다. 손등으로 눈물을 닦아 냈다.

마법소녀 그럼 이곳으로 들어오세요. 당신의 문제를 해결해 드립니다.

'해결 사이트 http://h.me/***** (비번 @#$%^&)'

뭔가에 홀려 버린 기분으로 눈앞에 떠오른 문장을 읽고 또 읽었다. 누군가가 자신의 마음속을 들여다보며 말을 걸고 있는 것 같았다. 그런 게 어딨냐는 생각을 했지만 손이 먼저 움직여 초대 링크를 눌렀다. 거짓말이라고 해도 속아 넘어가고 싶은 심정이었다.

9

 2층 도경이네가 새로운 과외 장소가 되었다. 아주머니가 일하러 나가신 시간을 쓸 수 있어 딱 좋았다. 지현 언니는 첫 시간부터 '예의 바르네, 이해를 잘하네' 하며 도경이를 칭찬했다.
 "어휴, 벌써 시간이 이렇게 됐어? 오늘은 여기까지 하자. 도경이가 처음이니까 살살 하려고 했는데, 너무 잘 따라와서 오버했네. 수고들 했어."
 열강을 마친 지현 언니는 라지 사이즈 생과일주스 한 컵을 다 들이켜고도 부족했는지, 도경이에게 물을 청했다.
 "잠시만요."
 도경이는 자리에서 일어나 물을 가지러 갔다. 지현 언니는 흐뭇하게 도경이의 뒷모습을 쳐다보다가 물었다.

"나이도 어린 애가 엄청 어른스럽네?"

"그렇죠? 자기 엄마도 잘 챙기고, 애가 착해요."

"남자애가 글씨도 예쁘고."

언니가 말하자 해민이는 가지런히 정리된 도경이의 노트를 끌어당겨서 들여다보았다.

"진짜, 내 글씨보다 예쁜 것 같아요."

나중에 빌려달라고 해야지, 생각을 하며 노트를 휘리릭 넘겨 보았다. 그때 한구석에 쓰여 있는 낙서 같은 글귀에 눈길이 멈추었다.

해결 사이트 http://h.me/***** 비번 @#$%^&
매주 화, 밤 12시

'해결 사이트?'

고개를 갸우뚱하는 사이에 문이 열리고 도경이의 목소리가 들렸다.

"선생님. 물 드세요."

"야, 선생님은 무슨. 그냥 누나라고 불러."

지현 언니는 손사래를 치며 말했다.

"그래도 선생님이신데."

"됐다니까."

해민이는 도경이 앞으로 노트를 슥 밀어 보이며 물었다.

"근데 이게 뭐야?"

"별…… 거 아니야."

도경이는 머쓱한 얼굴로 슬쩍 노트를 덮더니 숨을 삼켰다. 도경이의 목울대가 꿀꺽 움직였다. 괜히 물어봤다는 생각이 들려고 할 때 지현 언니가 가방을 챙기며 말했다.

"그럼 가 볼게. 목요일에 보자."

"나도 갈게."

해민이도 자리에서 일어났다. 도경이의 배웅을 받으며 언니와 함께 집을 나섰다. 쪼르르 계단을 내려가서 언니를 보내고 반찬 가게로 쏘옥 들어갔다.

"인제 끝났어? 배고프지?"

엄마가 맞아 주었다.

"네. 공부를 너무 열심히 했더니 배고파 죽겠어요."

"말하는 거 보면 전교 1등인데? 열심히 하는 김에 성적도 좀 올려 봐."

"너무 닦달하지 말라니까. 부담스럽게……."

"알았으니 얼른 들어가. 저녁 다 차려 놨어."

"네."

해민이는 마당을 가로질러 방으로 들어갔다. 문제집과 노트를 정리하고 저녁을 먹으러 나가려다 멈춰 섰다.

'아까 그건 뭐였을까? 채팅방 같던데? 해결 사이트?'

휴대폰을 꺼내 검색해 보았다. 몇 가지 비슷한 이름의 채팅방이 검색되었지만 이거다 싶은 것은 없었다. 주소는 당연히 기억이 안 났다. 무슨 비번도 걸려 있었는데? 그때 뭔가 해민이 머리를 스치고 지나갔다. 설마?! 이거 뭐 그런 거 아니야? 남자애들이 보는 이상한 사이트?? 두 손으로 입을 틀어막았다. 강도경이 설마?? 머릿속에 야릇한 이미지들이 떠오르려고 했다. 고개를 마구 흔들었다. 아니야! 다 사라져!

"해민아, 밥 먹어."

밖에서 엄마의 목소리가 들렸다.

"네, 지금 가요."

해민이는 짐짓 큰 소리로 대답을 하고, 휴대폰을 던지듯 책상에 내려놨다.

10

✧ 오늘의 의뢰 　　　　　　　　　　　　　　**의뢰자: 개장수**

개를 죽여 주세요. 집 주소는 수현구 가현로25번길 34. 가현 사거리에서 쭉 올라가서 두 번째 골목이에요. 햇살 빌라 옆에 마당이 있고 하얀 울타리를 두른 집입니다. 그 집 마당에 누런 잡종 개 한 마리가 묶여 있는데 죽여 주시면 됩니다. 방법은 뭐든 상관없지만, 최대한 빨리 해 주세요. 낯선 사람이 다가가면 미친 듯이 짖습니다. 접근할 때 좀 조심해야 할 듯요.

의자왕　와, 개가 뭔 잘못을 했다고 죽여 달래?
오즈의 마법사　주소 확실하게 썼겠지? 괜히 애먼 다른 집 개 죽이면 곤란해.

119　이거 쉽잖아? 쥐약 넣은 고기 같은 거 던져 주면 되지. 이 쉬운 걸 왜 남한테 시키나 몰라.

너는누구　개가 무서운 거 아니야? 자기는 근처에도 못 가겠어서 해 달라는 거.

119　고작 개 한 마리 가지고, 한심하기는.

뿌잉뿌잉　그렇게 쉬우면 네가 하면 되겠네.

119　싫어. 이래 봬도 난 동물 애호가야.

뿌잉뿌잉　ㅋㅋㅋㅋㅋㅋ 근래 들은 말 중에서 제일 웃긴다야.

해바라기　아니, 정말 개를 죽이는 거예요? 불쌍한 개를 왜 죽여요? 하지 마세욧!!

119　쟤는 뭐냐?

의자왕　쯧쯧, 암튼 규칙도 안 읽어 보고 끼어들어서는.

오즈의 마법사　뭘 의뢰하든 하는 사람 마음이야. 개를 죽이든 사람을 죽이든 상관없어.

후레자식　워우~ 사람은 좀 심했다~

오즈의 마법사　쫄리면 넌 나가든가.

유령신부　내가 할게요.

후레자식　오? 이렇게 끝나는 거야?

해바라기　안 돼요!! 정말 죽이려고 그러는 거예요?

후레자식　야, 쟤 좀 내쫓아라.

오즈의마법사 해바라기, 퇴장.

해바라기 님이 퇴장(강제)하셨습니다.

후레자식 영영 못 들어오게 해. 해마다 꼭 저런 모자란 것들이 있단 말이야.
오즈의마법사 당연하지. 계정 차단이야.
유령신부 자. 확인했죠? 다음번 의뢰는 내가 해요.
오즈의마법사 알았으니까 확실하게 하기나 해.
유령신부 당연하죠.

'오늘의 의뢰'란에 반짝이던 불이 꺼지더니, '마감'이라는 꼬리표가 덧붙여졌다.

학교에 가던 해민이는 저만치에서 먼저 가고 있는 도경이의 뒷모습을 발견하고 소리쳤다.
"강도경!"
도경이가 뒤를 돌아보고 멈추어 섰다. 해민이는 도도도 달려가 도경이 옆에 섰다.

"헉헉, 너도 학교 걸어서 가게?"

"응. 생각보다 시간 많이 안 걸리길래."

"잘 됐다. 같이 가자."

"그래."

둘은 나란히 걸었다.

"시험공부 많이 했어? 국어 범위 진짜 많지?"

"응. 많더라. 아직 다 못 봤어."

"너, 괄호같이 사소한 것도 다 봐야 돼. 1학기 때도 거기서 문제 나왔어."

"정말?"

"응. 국어 선생님 은근 악명 높다니까."

종알거리며 걷던 해민이와 도경이가 걸음을 멈춘 것은 대머리 할아버지네 집 앞이었다.

"어? 여기 왜 이래?"

집 대문이 활짝 열려 있었다. 이 집 문이 이렇게 열려 있는 모습은 본 적이 없었다. 게다가 반갑게 자신을 맞아 주어야 할 누렁이가 보이지 않았다. 텅 빈 개집 앞에는 누렁이의 목줄만 덩그러니 남아 있었다. 울타리 너머를 들여다보니 개집 옆에 토사물 같은 것이 굳어 있었다. 그 위로 파리 두어 마리가 날아다니고 희미하게 시큼한 냄새가 나는 것도 같았다.

"누렁이가 없네?"

도경이도 해민이 옆에 서서 마당을 살펴보았다. 둘이 어리둥절해하고 있는데 골목에서 덜컹거리는 소리가 들렸다. 돌아보니 용이 할머니가 골목에서 손수레를 끌며 나오고 있었다. 인사를 할 겨를도 없이, 할머니의 괄괄한 목소리가 귓전을 때렸다.

"누렁이 병원 갔다. 거 영감, 가 봐야 벌써 죽었다니까."

"네? 누렁이가 주, 죽어요?"

용이 할머니는 빌라 앞에 손수레를 세웠다.

"엊저녁에 캑캑거리고 난리가 났길래 들여다봤더니 쥐약을 먹었더라. 어떤 놈이 소시지에 쥐약을 타서 뿌려 놨어."

"세상에! 누가 그런 짓을 해요?"

"그걸 내가 어째 아냐. 영감이 들쳐 업고 병원엘 갔는데, 쥐약 먹었으면 별수 없어."

해민이와 도경이는 순간 넋 나간 얼굴이 되었다. 그러거나 말거나 할머니는 빌라 앞에 널브러진 박스를 주워 포갰다. 어제 등하굣길에서도 봤던 누렁이다. 꼬리 치며 반기던 모습이 아직도 눈에 선하다. 둘은 다시 텅 빈 누렁이의 집을 보았다. 누렁이가 쥐약을? 그래도 병원에 갔다면 괜찮을 수도 있잖아?

용이 할머니는 박스를 야무지게 묶어 손수레에 싣더니 혀를 끌끌 차며 말했다.

"어떤 놈이 말도 못 하는 짐승한테 해코지를. 에이, 천벌 받을 놈. 너희들은 그래 있지 말고 빨리 학교나 가라. 그런다고 개가 살아 돌아오는 것도 아닌데."

용이 할머니는 야속한 말만 남기고 손수레를 탈탈 끌며 가 버렸다. 해민이와 도경이는 한참을 더 서 있다가 떨어지지 않는 발걸음을 옮겼다. 해민이는 학교에 도착할 때까지 초조한 마음을 어찌할 수 없어 그저 누렁이 이름만 중얼댔다. 어지간히 충격을 받았는지 도경이 역시 아까부터 굳은 얼굴로 아무 말도 하지 못했다. 그러다 교문을 막 들어섰을 때 도경이가 물었다.

"누렁이네 옆집에 있는 빌라, 그거 이름이 뭐였지?"

"빌라? ……햇살 빌라."

해민이가 '갑자기 그건 왜 물어?'라고 반문했지만 도경이는 대꾸가 없었다. 잠깐 사이에 유령에라도 씐 것 같은 얼굴이 되었다.

해민이는 무거운 걸음을 겨우 옮겨 자리에 앉았다. 머릿속에는 계속 텅 빈 누렁이의 집이 맴돌았다. 누렁이가 죽었을 거라고 생각하니 울컥 눈물이 났다. 눈물을 참으려고 애를 쓰고 있는데 비장한 목소리가 들렸다.

"김해민."

주영이였다.

"어?"

"나랑 얘기 좀 하자. 할 말 있어."

무슨 일인지 물어볼 새도 없이 주영이는 휙 돌아 복도로 나가 버렸다. 슬픔을 추스를 겨를도 없이 얼떨결에 일어나 복도로 나가면서도 기분이 이상했다. 주영이가 왜 내 이름에 성을 붙여서 불렀지? 먼저 나간 주영이는 복도 끝에서 팔짱을 끼고 서 있었다. 해민이가 다가가자 주영이는 다짜고짜 말했다.

"걔 말이야, 강도경."

"응?"

"걔랑 친하게 지내지 마."

없는 기운을 쥐어짜서 겨우 서 있는데 갑자기 뒤통수를 세게 얻어맞으면 딱 이런 기분일 것 같았다.

"갑자기 왜? 뭐 때문에 그러는 거야?"

주영이가 해민이 눈앞에 휴대폰을 내밀었다. 해민이는 영

문을 모르는 표정으로 휴대폰을 받아들었다. 화면에는 대화 내용을 캡처한 사진이 있었다.

> 강도경? 알지. 걔 일진이랑 거하게 싸우고 팔 부러져서 학교에 구급차도 왔었거든. 한동안 학교도 안 오고 그러더니, 싸운 애들 다 다른 학교로 강제 전학 갔어.

"강도경, 걔. 예성시 태성 중학교에서 전학 왔댔잖아? 내 학원 친구의 사촌의 SNS 친구가 그 학교를 다니는데, 강도경 그 학교에서 유명하다더라. 싸운 일로 학교가 떠나가라 시끄러웠대. 결국 학교도 못 다니고 전학 가야 할 정도로. 평소에 조용하던 애가 무슨 심사가 뒤틀렸는지 갑자기 일진한테 시비를 걸었대. 왜 그런 애 있잖아. 조용하다가 갑자기 별일 아닌 거에 폭발하고 그러는."

해민이는 '아니야, 그런 거!' 하는 소리가 튀어나오려는 것을 필사적으로 참았다. 마음속에서 도경이를 변호하고 싶은 마음이 아우성을 쳐 댔지만 민감한 이야기까지 하게 될까 봐 걱정이 되었다. 게다가 지금 주영이에게 도경이와 자신이 서로의 비밀을 아는 사이라는 것을 알리면 안 될 것 같았다.

"그, 이것만 가지고는 모르는 거잖아. 그 일진이라는 애가 먼저 싸움을 걸었을 수도 있고. 도경이가 나한테는 집안일로 이사한 거라고 했어."

"너 바보야? 그럼 강제 전학 온 애가 나 사고 치고 전학 왔다고 순순히 말할 것 같아?"

한 번도 들어 본 적 없는 주영이의 사나운 말투에 놀란 것도 잠시, 마음 깊은 곳에서 울컥하는 마음과 함께 거친 말이 튀어나왔다.

"너야말로 왜 그래? 친구 사촌의 SNS 친구라고? 걔가 누군데? 누군지도 모르는 사람이 하는 말을 어떻게 믿어? 차라리 강도경 말을 믿겠다."

아, 마지막 말은 하지 말걸. 주영이의 표정을 보자 곧바로 후회가 밀려왔다. 주영이의 사납던 눈매가 떨리더니 세상 서러운 얼굴로 해민이를 쳐다보았다.

"강도경을 믿는다고? 내 말은 못 믿겠고?"

"아, 아니, 그게 아니고."

"어떻게 나한테 이럴 수가 있어? 안 그래도 요즘 네가 나 따돌리는 거 참고 있었는데."

"따돌리다니. 그게 무슨 말이야?"

"모를 줄 알아? 너 요즘 걔랑 친해져서 나는 신경도 안 쓰잖아!"

"말도 안 돼, 나는……."

"너 문예 대회에서 대상 받았다며? 근데 나한테 말도 안 했지? 내가 알면 안 돼? 왜? 질투라도 할까 봐?"

"그거, 말하려고 했어. 근데……."

'아침에 누렁이 때문에 정신이 없었단 말이야' 같은 말은 주영이의 기세에 막혀 입 밖에 내지도 못했다.

"그거뿐인 줄 알아? 너 어제 동아리 모임 늦는다고 해 놓고 강도경이랑 같이 카페 갔었지? 둘이 뭐야? 사귀기라도 해?"

말문이 턱 막혔다. 아차, 어제라면. 주영이는 아무 말 못 하는 해민이를 보고 코웃음을 쳤다.

"내가 그래도 설마 했어. 뭔가 사정이 있겠지 하고. 됐어, 둘이서 잘해 봐. 난 빠질 테니까."

"주영아, 잠깐 내 말 좀 들어 봐!"

해민이의 간청에도 주영이는 뒤도 돌아보지 않고 교실로 들어가 버렸다. 해민이는 울고 싶어졌다.

아침 독서 시간이 순식간에 지나가고 1교시 국어가 시작되었다. 선생님의 목소리가 거실에 틀어 놓은 TV 소리처럼 한쪽 귀로 흘러 들어왔다가 다른 쪽으로 빠져나갔다. 해민이는 교과서 아래 노트를 펼쳐 놓고 분노의 낙서를 해 댔다. 잠간 사이에 노트 위에는 휘갈긴 낙서가 무수히 생겨났다. 최주영. 바보. 멍청이. 내 말은 들어 보지도 않고, 너 나 못 믿어? 진짜 실망이야.

"해민아."

"……."

"나도 실망이구나."

해민이는 그제야 살벌한 분위기를 느끼고 고개를 들었다. 국어 선생님이 팔짱을 낀 채 자신을 내려다보고 있었다.

"네 말은 내가 들어 줄 테니 수업 마치고 따라 나와."

선생님의 말에 무언가에 놀린 것마냥 해민이의 고개가 수그러들었다.

"기말고사가 코앞인데, 수업 시간에 그렇게 넋을 놓고 있어? 내가 널 다섯 번은 불렀을 거야. 정신 안 차릴래? 친구랑 무슨 일 있는 것 같은데, 그건 그거고, 수업까지 망쳐서 되겠어? 오늘 수업에 중요한 내용이 얼마나 많이 나왔는데."

한마디도 틀린 것이 없는 국어 선생님의 말엔 진심으로 해민이를 걱정하는 마음이 들어 있다는 것을 잘 알고 있었다. 해민이는 기어들어 가는 목소리로 말했다.

"죄송합니다."

연구실을 드나드는 선생님들이 해민이를 한번씩 쳐다보는 바람에 얼굴이 화끈거렸다.

"너 이런 적 없으니까 봐주는 줄 알아. 대회에서 상 받았다고 붕 떠 있을 때가 아니야. 정신 차려!"

"네."

그때 연구실 문이 열리며 소정이가 들어왔다. 소정이는 해민이를 발견하자마자 눈을 치켜떴지만 곧장 선생님께 눈길을 돌렸다.

"선생님. 수행 평가 노트 찾으러 왔어요."

"어, 소정아. 저기 분홍 바구니 통째로 가지고 가면 돼."

선생님이 맞은편 책상 위를 가리키며 말했다.

"해민아. 온 김에 심부름 좀 해라. 소정이랑 저거 좀 같이 들어 줘. 3반 교탁에 놔두면 돼."

"네."

해민이는 도망칠 기회다 싶어 얼른 책상 앞으로 갔다.

"아뇨. 선생님. 혼자 가져갈 수 있어요."

소정이는 입술을 꼭 다물고 바구니를 들었다. 가느다란 팔에 힘이 잔뜩 들어가서 덜덜 떨렸다. 저러다 다 쏟아 버릴 것 같았다.

"같이 들자."

"됐어. 안 무거워."

소정이는 그대로 연구실을 나가더니 발로 밀어 문까지 닫았다. 해민이는 고집스럽게 닫힌 문을 멍하니 쳐다보았다.

"해민아."

"네?"

선생님이 수심 가득한 얼굴로 물었다.

"대회 결과 나오고 나서 소정이가 좀 예민하지?"

뭐라고 대답을 해야 할까. '예민하죠. 눈빛으로 사람을 죽일 수 있었으면 전 이미 이 세상 사람이 아닐 거예요.' 하소연하고 싶은 마음이 없는 건 아니었지만, 말을 더 보태 봐야 선생님 한숨만 늘어날 거였다. 해민이는 최대한 별일 아닌 척하며 말했다.

"기분이 좀 안 좋아 보이긴 하네요. 우수상도 잘한 건데 왜 그럴까요, 하하."

"혹시 소정이가 너무 심하다 싶으면 선생님한테 말해 줄래? 소정이는 결과를 받아들이는 법을 좀 더 배워야 할 것 같다."

"네. 그럴게요."

해민이의 대답에도 선생님의 얼굴이 밝아지진 않았다. 그만 가도 될지 눈치를 보고 있는데 선생님이 한마디를 덧붙였다.

"소정이도 워낙 열심히 했기 때문에 실망이 큰 걸 거야. 누구에게나 말하기 힘든 사정이 있거든."

때마침 종이 울렸다. 종소리가 구세주같이 느껴졌다.

"그만 가 봐."

"네."

해민이는 꾸벅 인사를 하고 서둘러 연구실을 빠져나왔다.

종일 고구마가 식도 한가운데 꽉 막혀 있는 것 같은 기분이었다. 하교 시간이 되어 우르르 빠져나가는 아이들을 보면서 해민이는 피곤한 듯 눈두덩이를 꾹 눌렀다 뗐다. 가자미눈을 뜨고 보니 주영이는 이미 나가고 없는 것 같았다. 해민이는 입을 삐쭉 내밀고 가방을 챙겨 교실을 나섰다. 흥, 최주영 너만 화났어? 나도 기분 나쁘거든!

해민이는 집에 가는 길에 유나 언니네 카페에 들렀다. 아이스티를 주문한 뒤 유나 언니에게 자초지종을 쏟아 냈다. 이야기를 들은 유나 언니가 말했다.

"진짜? 에구. 미안해, 내가 주영이한테 괜한 얘기를 했네. 어제 주영이가 혼자 왔더라고. 별생각 없이 좀 전에 너랑 어떤 남자애 왔다 갔다고 말해 버렸어."

'아. 그렇게 된 거구나. 딱 오해하기 좋았겠네.'

일이 꼬여 버려서 속은 상했지만, 그렇다고 유나 언니에게 화를 낼 수는 없었다.

"주영이가 그것 때문에 화났다고? 너 남자 친구 생긴 거 말 안 했다고 삐친 거야?"

"걔, 제 남자 친구 아니에요. 주영이가 그렇게 오해해서 삐친 건 맞는 거 같지만……."

"아직 둘이 사귀는 건 아니야?"

"아직이라뇨. 언니, 그런 거 아니에요."

유나 언니는 남의 속도 모르고 웃으며 아이스티를 건네주었다.

"어쨌든 주영이가 그거 때문에 섭섭하다는 거잖아."

"아니라고 해도 믿질 않아요. 진짜 너무해. 화만 내고 내 말은 들어 주지도 않는다니까요."

말을 하고 보니 서러운 마음이 왈칵 몰려왔다.

"속 많이 상했겠네. 어쩐지 기운 없어 보이더라."

"힝. 주영이 진짜 너무하지 않아요?"

"그런데 말이야."

언니는 흠, 하고 잠시 생각하다가 말했다.

"실제로 사귀는 게 아니라고 해도 친한 친구한테 나보다 더 친한 사람 생기면 기분이 좀 그렇잖아. 너랑 주영이랑 완전 단짝이었는데, 주영이도 섭섭하겠지."

"설마요. 주영인 나 말고도 친구가 얼마나 많은데요."

해민이는 고개를 갸우뚱했다. 늘 쾌활한 주영이는 많은 사람들에게 둘러싸여 있었기에 이런 일로 섭섭해할 거라고 생각해 본 적이 없었다.

"주영이가 너 많이 부러워하는 거 알아?"

"엥? 정말요?"

"그래. 넌 동아리 활동하면서 늘 바쁘다고, 좋아하는 게 확실해서 좋겠다고 그러더라. 밝은 앤데 그럴 때마다 영 기운이 없어 보여. 자기는 하고 싶은 것도 없고, 잘하는 것도 없어서 걱정이라고."

"아……."

생각지도 못했던 말이었다. 주영이가 그런 고민을 하는 줄은 몰랐는데.

"내 생각엔 주영이가 그간 불안하다가 이번에 네가 아주 멀어지는 것 같아서 더 섭섭해하는 것 같아."

그러고 보니 자신이 동아리 때문에 바쁘면 주영이가 유독 서운해하던 것이 떠올랐다. 거기에 도경이까지 문예 동아리에 들었으니……. 그렇게 생각하니 마음이 좀 누그러졌다.

"이럴 땐 길게 끌지 말고 얼른 얘기해서 푸는 게 좋아. 그

도경이라는 친구, 주영이한테도 소개해 줘 봐. 다 같이 친해지면 좋잖아."

"그렇게 되면 좋긴 한데."

말은 쉽지만 주영이가 도경이를 나쁜 놈이라고 생각하고 있는데, 소개를 한다고 좋아할지 문제였다. 그때였다.

"여기 주문 좀 할게요."

야구 모자를 눌러 쓴 남자가 계산대로 다가와 말했다.

"네. 잠시만요. 하여튼 해민아, 시간 끌지 말고 빨리 화해해. 알았지?"

유나 언니는 주문을 받으러 갔고 해민이는 입꼬리를 축 늘어뜨린 채 빨대로 잔에 반쯤 녹은 얼음을 휙휙 저었다.

11

 해민이는 평소보다 일찍 학교 갈 채비를 해서 집을 나섰다. 걸음을 재촉해서 대머리 할아버지네 집 앞에 섰다. 울타리 담장 가까이에서 들여다보니 누렁이의 빈집이 보였다. 집 앞에 있던 토사물은 깨끗이 치워졌고 주인 잃은 목줄도 사라졌다. 집 옆에는 둥그렇게 땅을 파고 뭔가를 묻은 흔적이 있었다.

 '설마, 저게 누렁이 무덤인가?'

 울컥하며 눈시울이 뜨거워졌다. 무사히 돌아오게 해 달라고 빌고 또 빌었는데. 눈물을 눌러 닦고 울타리 근처에 돋은 민들레며 풀꽃을 따서 꽃다발을 만들었다. 힘껏 발돋움을 해 꽃다발을 무덤가로 휙 던졌다. 두 손을 가지런히 모으고 이름 모를 신에게 기도를 했다.

'우리 누렁이. 좋은 곳에서 행복하게 해 주세요.'

기도를 마친 해민이는 무거운 걸음을 이끌고 다시 학교로 걸어갔다. 가는 길에 몇 번이나 주머니에서 휴대폰을 꺼내 문자를 확인했다. 새로 온 문자는 없었다.

'아직도 못 봤나?'

어제 저녁, 해민이는 도경이에게 문자를 남겼다. '물어볼 게 있는데 문자 보면 연락 줘―.' 콩닥거리는 마음으로 연락을 기다렸으나 답이 없었다. 답장이 없으니 찝찝하면서도 한편으로는 다행이다 싶었다. 대체 뭐라고 말을 꺼내야 할지 마음을 정하지 못했기 때문이었다.

주영이가 널 완전 오해하고 있어!! 명예 회복을 위해 네 사정 이야기 좀 해도 될까? 이건 아니지. 핵심은 도경이의 명예 회복이 아니라 내 인간관계를 회복하는 거잖아. 핑계도 적당히 대야지.

그럼, 이건 어떨까? 도경아, 너 이참에 주영이랑 좀 친해져 볼래? 주영이가 정말 좋은 애거든. 개랑도 마음을 툭 터놓는 친구 사이가 되어 보는 거 어때? 이게 말이야 방구야. 누구랑 뭘 터놓고 지낼지를 왜 남이 정하냐?

머릿속이 복잡하다 못해 뜨끈뜨끈했다. 진짜 미치겠네.

주영이 네가 그냥 화를 좀 풀어 주면 안 돼? 너 쿨하잖아. 왜 이런 거 가지고 화내고 그래.

  교실에 들어선 해민이는 습관적으로 주영이 자리를 쳐다보았다. 주영이는 다른 친구들과 웃으며 이야기를 하고 있었다. 자신이 온 걸 아는지 모르는지 이쪽은 쳐다보지도 않았다. 제대로 삐쳤나 보네. 해민이는 씁쓸한 얼굴로 고개를 돌렸다. 틈틈이 주영이를 힐끔거리며 말 붙여 볼 기회를 노렸지만 결국 아무것도 해 보지 못한 채 수업 시작을 알리는 종이 울렸다.

  1교시 후 쉬는 시간. 종이 치자마자 해민이는 주영이 자리를 쳐다보았다. 하지만 주영이는 자리에서 일어나더니 효주, 소연이와 복도로 나갔다. 그리고 쉬는 시간 내내 교실엔 코빼기도 비추지 않다가 수업 종소리와 함께 우르르 교실로 들어왔다. 자리에 앉아서도 한참 동안 뭐가 그리 재밌는지 친구들과 깔깔거렸다. 해민이는 그쪽으로 고개를 돌리지 않으려고 애쓰며 눈에 들어오지도 않는 책을 읽었다.

  2교시 후 쉬는 시간. 주영이는 요점 정리 노트를 꺼내더니 친구들에게 문제를 내기 시작했다. 아이들이 정답, 오답을 가리지 않고 앞다투어 답을 외치자 교실이 시끌벅적해졌다.

해민이는 자기 자리에 엎드린 채 창가로 고개를 돌렸다. 정답! 주영이 목소리와 함께 와하는 환호성이 따라왔다. 입이 삐죽 튀어나왔다 들어갔다. 그러고 보니, 주영이가 전에 요점 정리 노트 바꾸어 보자고 했었는데.

4교시 체육 시간. 오늘의 종목은 배드민턴이었다. 아이들은 둘씩 짝을 지어 섰고 해민이는 효주와 짝이 되어 한참 동안 배드민턴을 쳤다. 한낮의 햇볕이 뜨겁다 못해 따가웠다. 아이들의 원성이 하늘을 찌르자 체육 선생님은 '10분간 휴식'을 외쳤다. 아이들은 앞다투어 그늘로 숨어들었다. 해민이도 필사적으로 비어 있는 나무 그늘을 찾다가 가까운 그늘을 발견했다.

"효주야, 우리 저쪽으로……."

그때 번개같이 튀어나온 주영이가 효주의 팔짱을 끼었다. 무슨 말을 더 하기도 전에 주영이는 효주를 끌어당기더니 해민이와는 반대쪽으로 가 버렸다. 해민이의 황망한 시선이 주영이의 뒷모습을 따라갔다. 주영이는 효주와 함께 멀찍이 떨어진 작은 나무 그늘로 들어가 앉았다.

'헐.'

코웃음이 절로 나왔다. 최주영, 너 유치하게 자꾸 이럴 거야? 원망의 시선을 보냈지만 주영이는 자신을 쳐다보지도 않았다.

이윽고 찾아온 점심시간. 급식실에서 해민이와 주영이는 등을 돌리고 앉았다. 밥 먹는 동안 얼굴을 보지 않아도 되니까 다행이라면 다행이지만, 어째 등 뒤에서 싸한 기운이 느껴지는 것 같았다. 밥, 반찬, 밥, 반찬 순서로 기계적으로 손이 움직였다. 거의 다 먹어 갈 때 즈음, 식판을 들고 지나가던 효주가 멈춰 서더니 슬쩍 물었다.

"해민. 너 주영이랑 싸웠어?"

해민이는 뭐라 할 말이 없어 입을 꼭 다물고 난감한 미소를 지어 보였다. 효주는 알겠다는 듯 고개를 끄덕이더니 한마디를 남기고 지나갔다.

"얼른 화해해. 너네가 싸우니까 이상해."

나라고 안 하고 싶겠니. 해민이가 힐끔 뒤를 돌아보니, 주영이는 언제 다 먹고 일어났는지 자리에 없었다. 해민이는 다시 식판으로 고개를 돌리고 남은 음식을 쓸어 담듯 입으로 밀어 넣었다. 점심을 해치우고 급식실을 나서는 길에, 주영이가 소연이와 함께 매점에서 나오는 것을 보았다. 나란히 바나나우유에 빨대를 꽂아 물더니 급식실 쪽으로 걸어왔다. 두 사람이 점점 가까워지자, 해민이는 화단을 구경하는 척 고개를 숙였다. 잠시 후 슬쩍 고개를 들어 보니, 두 사람은 방향을 틀어 운동장 쪽으로 걸어가고 있었다. 해민이는 한참을 서 있다가 몸을 돌렸다. 터덜터덜 교실로 돌아가는 자신을 모두가 한심하게 쳐다보는 것 같았다. 중앙 현관을 거쳐 교실로 가려는 찰나, 이번엔 스탠드에 모여 앉아 있는 아이들이 눈에 들어왔다.

'어? 도경이다.'

도경이를 부르려던 해민이는 순간 멈칫했다. 도경이는 친구들에게 둘러싸여 있었는데, 아이들 사이에 무려 윤소정도 끼어 있었다. 해민이의 눈꼬리가 올라갔다. 윤소정 넌 왜 거기 있어? 한 남자아이가 도경이에게 어깨를 툭 부딪치며 웃자 도경이도 따라 웃었다. 이어서 뒤에 앉아 있던 윤소정이 뭐라고 말을 하자 도경이가 돌아보며 뭐라고 대꾸를 했다. 얼씨구? 이번엔 소정이가 휴대폰을 꺼내 도경이에게 내밀었다. 도경이는 휴대폰을 받아 톡톡 누르더니 다시 돌려주었다. 어라라라라?

눈에서 레이저가 나왔다. 와, 강도경. 너 진짜. 내가 누구 때문에 주영이랑도 싸우고 혼자 속을 앓고 있는데? 말로 표현할 수 없는 억울함과 배신감이 속에서 솟아올랐다. 도경이 무리는 자리에서 일어서더니 중앙 현관으로 향했다. 해민이는 눈치를 보며 조금 떨어져 따라갔다. 잠시 후 도경이가 무리와 조금 처진 틈을 타 도경이를 불렀다.

"강도경!"

도경이가 뒤를 돌아보았고 해민이와 눈이 딱 마주쳤다. 그런데, 도경이의 표정이 영 이상했다. 꼭 나쁜 짓을 하다가 들킨 사람 같았다. 해민이는 빠른 걸음으로 도경이에게 다가갔다.

"마침 잘 만났다. 너 내 문자에 왜 답장 안 보내?"

"미안. 보낸다는 게 깜박했어."

도경이가 시선을 자꾸 피하는 기분인데. 착각일까?

"내가 너한테 할 말이 좀 있는데 말이야."

"저, 그······. 종 칠 시간 다 됐는데······."

도경이의 말끝이 흐려졌다. 해민이는 눈을 가늘게 뜨고 물었다.

"그래서 안 된다는 거야?"

"어······. 해민아. 우리 그냥 나중에 이야기하자. 이따 과외 마치고."

도경이는 그렇게 말하더니 성큼성큼 계단을 올라 쌩하니 사라졌다. 뭐지? 뭐지, 이거? 서러움이 물밀듯이 밀려왔다. 종일 주영이에게 외면당한 것도 모자라서, 도경이 너까지? 점심시간의 끝을 알리는 종소리가 울렸다. 알았어, 간다고!

해민이는 울상을 지으며 교실로 향했다. 명랑하게 울리는 종소리가 자신을 놀리는 것만 같았다.

오후는 순식간에 흘러갔다. 종례를 마치고 일어서면서, 정말 안 그러려고 했지만 주영이 자리로 눈이 돌아갔다. 주영이는 뒤도 돌아보지 않고 가방을 챙기더니 교실을 빠져나갔다. 해민이는 그 모습을 원망의 눈길로 쳐다보았다.

'최주영. 말 못 할 사정이 있을 수 있잖아, 것도 모르면서.'

애먼 책상 다리를 뻥 걷어찼다. 순간 책상이 훅 밀려 나가면서 서랍에 있던 물건들이 왈칵 쏟아져 나왔다. 책이며 가위, 필통, 펜 들이 발아래 나뒹굴었다. 교실을 나서던 아이가 힐끔 해민이를 쳐다보았다. 얼굴이 화끈거렸다.

'진짜. 뭐 이렇게 되는 게 없어.'

책상 위로 머리를 갖다 박았다. 교실에 울릴 정도로 쿵 소리가 났고 이마가 엄청나게 아파 왔다.

교실은 더 이상 고요할 수 없을 만큼 조용했다. 고개를 들어 보니 남은 사람은 아무도 없었다. 성질을 부려 봐야 나만 손해라는 진리를 다시 새기며 자리에서 일어났다. 바닥에 쪼그리고 앉아서 굴러다니는 물건들을 주웠다. 떨어진 공책들 사이로 국어 암기 노트가 보였다. 이거 주영이 보여 주려고 정리한 건데. 기집애, 내가 보여 주나 봐라. 가위하고, 딱풀, 어라? 왜 주영이 이름이 쓰여 있지? 맞다, 저번에 빌렸었지. 수정테이프도……. 아씨, 어떻게 돌려주지? 몰라, 몰라. 필요하면 받으러 오겠지.

대충 다 주워 놓고 보니, 수성 사인펜 하나가 앞자리까지 굴러가 있었다. 해민이는 책상 아래로 한껏 엎드린 채 손을 뻗었다. 겨우 펜이 손에 잡혔다. 아이고, 앓는 소리를 내며 바닥에 주저앉았다. 주운 사인펜을 보고 있으니 뭔가 생각나는 것이 있었다. 평범해 보이는 이 수성펜에는 남들 모르는 비밀이 있었다. 까만 자루 부분에 머리카락 하나가 빙 둘러 감겨 있었는데, 이게 무려 전교 1등의 머리카락이었다. 일명 만점 기원 수성 사인펜.

해민이는 아예 퍼질러 앉은 뒤, 사인펜을 만지작거렸다. 1학년 마지막 기말이었나, 주영이가 전교 1등 호정이를 찾아가 머리카락 2개를 얻어 왔다. 두 사람은 호들갑을 떨며, 서로의 사인펜에 머리카락을 꼼꼼히 감아 주었다. 그 뒤로 문제를 풀기 전이면 사인펜을 쥐고 대박을 기원하는 것이 두 사람만의 시험 전 의식이 되었다. 주영이는 늘 그랬다. 자기 것만 챙기는 법이 없었다. 해민이 것까지 항상 두 사람 몫을 챙겼다. 그제야 죄책감이 밀려왔다.

입학하고 얼마 되지 않았을 때, 혼자 오도카니 앉아 있던 자신에게 먼저 말을 걸어왔던 주영이, 같이 매점에 가자며 팔짱을 껴 오던 주영이, 국어 수행 평가로 쓴 독서 감상문을 보고 눈이 휘둥그레져서 아낌없이 칭찬해 주던 주영이, 재미있는 소식을 알게 되면 득달같이 달려와서 말해 주던 주영이, 자신이 비밀을 만드는 것 같으면 유난히 섭섭해하던 주영이…….

감추고 싶었던 내 사정마저 이해해 주기를 바란 건 무리였을까. 난 정작 주영이에게 솔직하지도 못했으면서. 뭔가 묵직한 것이 명치 근처를 짓눌렀다.

어쩌면, 내가 나쁜 거였는지도.

"김해민."

사인펜을 보며 감회에 젖어 있을 즈음, 고개를 들어 보니 교실 문 앞에 소정이가 서 있었다.

"다행이다. 아직 안 갔네? 선생님이 동아리실로 오래."

소정이는 그 말을 전하고 획 돌아서 가 버렸다. 뭐 저렇게 자기 할 말만 하고 가? 해민이는 문간을 째려보다가 자리에서 일어났다. 소정이의 뒤를 따라 동아리실로 가니 국어 선생님이 맞아 주었다.

"왔어? 소정아, 해민아. 우리 사진 하나만 찍자. 학교 신문에 너희 수상 소식 나갈 거야."

"사진까지 나가요? 윽, 저 오늘 완전 이상한데요."

해민이는 후다닥 거울 앞으로 달려갔다. 잔머리가 군데군데 삐져나온데다 얼굴도 잔뜩 부어 있었다.

"예쁘기만 한데 뭐."

속으로 절규를 하는 것도 모른 채 선생님은 속 편하게 말했다.

"그거 언제 나오는데요?"

소정이가 물었다.

"신문? 정확히는 모르겠고 이번 달 말 정도엔 나오겠지? 이쪽으로 나란히 서 봐."

해민이와 소정이는 선생님의 손짓을 따라 움직였다. 잔머리를 매만지느라 정신이 없는 자신과 달리 소정이는 무표정하게 서 있기만 했다. 선생님이 주변 책상을 두리번거리고 주머니를 더듬다가 이마를 탁 쳤다.

"내 정신 좀 봐. 휴대폰을 놓고 왔네. 소정아, 네 폰으로 좀 찍자."

소정이는 주머니에서 휴대폰을 꺼내 선생님께 건넸.

"둘이 좀 붙어 볼까?"

선생님의 말에 해민이는 쭈뼛거리며 소정이와 거리를 좁혔다. 찰칵, 찰칵. 셔터가 연달아 울렸다.

"그렇지. 좋아. 둘 다 표정이 너무 얼었는데? 웃자!"

선생님이 휴대폰 화면에 시선을 고정한 채 말했다. 최선을 다해 웃으려 노력했다. 사진 몇 장을 더 찍은 선생님은 만족스러운 표정으로 휴대폰을 소정이에게 건넸다.

"둘이 보고 제일 마음에 드는 거 골라서 선생님 폰으로 좀 보내 줘. 수고했고 잘 가라."

그렇게 말하고는 순식간에 문밖으로 사라졌다. 뚱한 표정으로 사진을 넘겨 보던 소정이가 휴대폰을 내보이면서 말했다.

"이거 잘 나왔네. 이걸로 보낸다?"

"아니. 잠깐만. 나 너무 이상하게 나왔는데?"

"안 이상해. 너랑 똑같이 나왔는데?"

차라리 이상하다고 하지. 너랑 똑같다는 말이 더 기분 나쁘게 들렸다.

"나도 볼래. 좀 줘 봐."

해민이는 손을 척 내밀었다. 소정이는 못마땅한 표정이었지만 말없이 휴대폰을 건네주었다. 눈에 불을 켜고 사진을 들여다보았다. 사실 고를 것도 없었다. 어색하기 짝이 없는 표정이 복사해서 붙여 놓은 것처럼 이어졌다.

'뭐가 하나같이 다 이상하게 나왔어.'

스스로를 원망하며 사진을 획획 넘기는데, 그만 소정이의 다른 사진들로 페이지가 넘어가 버렸다.

'응?'

채팅 창을 캡처해 놓은 것 같은 사진에 눈길이 멈췄다. 휴대폰 화면이나 모니터에 카메라를 대고 다시 찍은 것처럼 화질이 좋지 않았다.

"뭐야, 너?!"

소정이가 날카롭게 소리치며 해민이의 손에서 휴대폰을 낚아챘다. 사나운 소정이의 반응에 해민이는 움찔했다.

"너 뭘 본 거야?"

"보긴 뭘 봐. 그냥 사진 넘기다가······."

"정말 안 봤어?"

"안 봤다니까?!"

소정이는 해민이를 잡아먹을 듯 노려보며 한참을 씩씩거렸다. 소정이가 이렇게 대놓고 화를 내는 것을 해민이는 처음 보았다. 소정이는 분에 못 이기겠다는 듯 돌아서더니 쾅 소리가 나도록 문을 박차고 나가 버렸다.

"야? 윤소정!"

해민이가 문 앞까지 따라가 불렀지만 소정이는 돌아보지 않았다. 허, 참, 나, 진짜! 해민이는 콧김을 뿜으며 점점 멀어지는 소정이의 뒷모습을 바라보았다. 어쩐지 저 아이는 뒤통수에도 눈이 달려 있을 것만 같아서 입매에, 어깨에, 주먹에 들어간 힘을 풀지 않았다. 소정이가 모퉁이를 돌아 완전히 시야에서 사라지고 나서야, 온몸에 힘이 쭉 빠져나갔다.

 해민이는 텅 빈 복도를 좌우로 힐끔거리고 나서 동아리실 문을 닫고 들어왔다. 의자에 털썩 주저앉아 숨을 고르는 동안에도 심장이 빠르게 뛰었다. 눈을 감고 아까 봤던 것을 머릿속에 다시 떠올렸다. 사실, 아무것도 안 봤다는 말은 거짓말이었다. 다른 글은 읽을 수가 없었지만 화면 상단에 채팅방 이름만은 확실하게 눈에 들어왔다. 전에 본 적이 있는 이름이었다.

 '해결 사이트'

 이게 뭐길래 윤소정이 저렇게 길길이 뛰는 거지? 그리고 강도경, 넌 대체 뭐야?

12

생각해 보면 처음부터 이상했다. 그즈음 도경이는 투표를 해 달라는 서준이의 닦달 때문에 거의 날마다 수급평 채팅방에 들어갔다. 하지만 그런 초대 링크를 본 것은 그날이 처음이었다.

지니 힘들고 괴로운가요? 누군가 해결사처럼 짠 나타나 문제를 해결해 줬으면 하고 바라시죠?
그럼 이곳으로 들어오세요. 당신의 문제를 해결해 드립니다.
해결 사이트 http://h.me/***** 비번 @*#&@@^

스팸 메일 문구처럼 수상하기 짝이 없었다. 평소라면 그냥 무시하고 지나쳤겠지만 문제를 해결해 준다는 말이 마음을 건드렸다. 도경이는 그런 가벼운 말에도 흔들릴 만큼 스스로를 문제투성이라고 생각했다. 뭔지나 한번 볼까 하는 생각으로 링크를 클릭했다.

사이트에 들어가 공지 사항을 읽고 제일 먼저 든 생각은 '재미있겠다'였다. 그러니까, 소원 들어주기 릴레이 같은 거구나. 그런데 정말 무슨 소원이든 다 들어주는 거 맞아? 내가 먼저 소원을 들어주더라도 다른 사람이 약속을 지킬 거라는 걸 어떻게 믿을 수가 있지? 몇 명이 서로 짜고 장난치는 거 아닐까? 하는 의심도 들었다.

몇 주간 채팅방을 기웃거리면서 여러 가지를 알게 되었다. 채팅방에는 매주 정해진 시간에 새로운 의뢰 공지가 떴다. 신기하게도 매번 의뢰를 수락하는 사람들이 있었다.

흥미로운 건 사실이었지만 시간이 갈수록 꺼림칙한 마음이 커졌다. 몇 주간 오르내린 의뢰 중 어떤 것은 명백히 불법이었다. 그런 의뢰마저 누군가 수락하는 것을 보면서 의아했다. 설마, 남을 위해 불법을 저지를 바보가 있겠어. 그래서 진짜일 리 없다고 생각했다. 그때라도 눈치챘어야 했는데. 장난일 거라는 안이한 생각이 화가 되어 돌아왔다. 누렁이가 죽었을 때야 도경이는 자신이 무엇을 놓쳤는지 알게 되었다.

'전부 진짜였다고?'

처음엔 신중하다고 생각했던 운영자가 이제 수상하게 느껴졌다. 그는 채팅 시간에 맞추어 출석을 하는 사람들만 다음 채팅에 들어올 수 있도록 계속 암호를 바꾸었다. 참가자들은 타인의 신원을 물으면 안 될 뿐 아니라 자신을 짐작할 수 있는 어떤 정보도 흘릴 수 없었다.

'확인해야 해.'

뒤늦게 채팅방에 들어가 보았지만 남아 있는 것은 없었다. 채팅방 메시지는 한 시간이 지나면 자동 삭제되어 버렸다. 스크린 숏 기능마저 금지되어 있어서 대화 내용을 캡처해 두는 것도 불가능했고, 운영자가 아니면 채팅 참여자에게 일대일 대화를 신청할 수도 없었다.

'이제 뭘 어떡하지?'

도경이는 머리를 쥐어짜며 그간 있었던 의뢰를 떠올려 보았다. 어렴풋이 생각나는 것들이 있긴 했다.

'고구려 고등학교 간판 망치기, 대현 분수 공원 동상 페인트 테러, 중앙 문구 센터 유리창 깨기······.'

이 의뢰들이 실제로 일어났다면, 사건 장소가 공개된 곳인 만큼 목격자가 있을 거였다. 신기한 장면을 봤다면 너도나도 동영상으로 찍었을 거고, 또 자랑하듯 어딘가에 올렸겠지.

도경이는 동영상 공유 사이트에서 해당 사건들을 검색해 보았다. 그리고, 곧 어렵지 않게 동영상을 찾을 수 있었다.

첫 번째, 고구려 고등학교 관련 동영상은 여러 개가 있었다. 대부분 해당 학교 학생들이 찍어 올린 것이었다. 댓글 창에 넘쳐 나는 학생들의 글을 보니 학생들이 이 사건으로 얼마나 신이 났는지가 느껴졌다. 도경이 역시 영상을 보자마자 웃음이 났다.

'구려' 고등학교. 역사와 전통을 자랑하는 고구려 고등학교의 이름이 글자 하나 차이로 바뀌어 있었다. '고' 자를 떼어 낸 자리에는 지저분한 접착제 자국이 보였다. 이 의뢰를 올린 사람이 누군지, 대체 왜 이런 장난을 치고 싶었는지까지는 알 수 없지만 덕분에 전교 학생들이 졸업할 때까지 웃을 일이 생긴 것은 분명했다.

다음은 대현 분수 공원 페인트 테러였다. 역시 많은 동영상이 있었는데, 주로 분수 가운데 있는 잉어 동상이 페인트를 맞고 처참해진 모습을 찍은 영상이었다. 도경이는 그중 조회 수가 가장 많은 영상을 클릭했다.

어둠에 싸인 공원 분수가 보였다. 늦은 시각이라 분수 주위에는 아무도 없었다. 잠시 후 저만치서 어물어물 움직이는 것이 보였다. 형체는 점점 다가오더니 곧 사람의 외양을 드러냈다. 검은 실루엣은 주위를 두리번거리며 분수 앞에 섰다. 가져온 페인트 통의 뚜껑을 열더니 분수 가장자리를 밟고 올라선 다음, 동상을 향해 힘차게 퍼부었다. 잉어 동상은 금방 페인트로 뒤덮였다. 테러범은 빈 통을 분수에 던져 버리고 재빨리 왔던 길로 사라졌다. 영상은 거기서 끊겼다. 도경이는 고개를 갸웃거리며 영상을 다시 돌려 보았다. 다시 보아도 이상했다.

'어떻게 이렇게 딱 맞춰서 찍었지?'

CCTV도 아니고, 대체 이걸 어떻게 찍었을까? 범행이 일어나는 시간과 장소를 미리 알고 있기라도 한 것처럼 정확한 타이밍이었다. 야심한 시각에 공원에 있었던 것까진 그렇다 쳐도, 산책 중에 왜 물도 나오지 않는 분수를 찍고 있었을까? 눈이 따가워질 만큼 영상을 계속 보았지만 더 이상 알아낼 수 있는 것은 없었다. 댓글 창에서는 범인이 여자냐 남자냐를 두고 의미 없는 싸움이 벌어지고 있었다.

세 번째 의뢰, '문구 센터 유리창 깨기'로 넘어갔다. 이 영상도 어렵지 않게 찾을 수 있었다. 게다가 이번 영상은 다른 두 개와 비교도 되지 않을 만큼 조회 수가 높았고 댓글도 많았다. 도경이는 맨 위의 영상을 클릭했다. 처음에는 멍하니 보다가 후반부로 갈수록 몸이 뻣뻣하게 굳었다. 마지막 장면에서 누군가 얼굴을 감싸고 쓰러질 때는 탄식이 터져 나왔다. 흐릿하게 처리가 되어 있어서 자세히 볼 수 없었지만 당황하는 사람들의 모습에서 심각함이 느껴졌다. 영상은 그렇게 끝났다.

도경이는 한동안 쿵쾅거리는 심장을 진정시켜야 했다. 좀 전까지 '구려 고등학교' 간판을 보고 키득거리던 자신이 한심했다. 이걸 몰랐다니, 여태 이런 사이트를 기웃거리고 있었다니, 그깟 호기심이 뭐라고.

그때 마음 한구석을 채우고 있던 시커먼 생각이 뭉게뭉게 피어올랐다. 그게 다야? 정말 호기심뿐이었어? 귀찮다고 생각하면서도 꼬박꼬박 시간 맞춰 들어가서 대화를 보고 다음 로그인 암호를 확인했잖아. 너도 뭔가를 바랐던 거 아니야? 도경이는 주먹을 꾹 쥐었다 폈다. 이 정도 의뢰면 나도 할 수 있지 않을까 하고 생각한 적이 있었다. 익숙한 기분이 밀려왔다. 스스로가 혐오스러웠다.

뭘 어떻게 해야 하지? 경찰에 신고라도 해야 하나? 하지만 이미 벌어진 걸 어쩔 거야. 여태 모르는 척하다가 이제 와서 신고를 한다고? 괜한 일에 휘말리는 거 아니야? 일을 크게 만들지 말고 빠져나오는 게 먼저 아닐까. 내가 또 다 망쳐 버리는 거면 어쩌지.

도경이의 머릿속에는 채팅방을 나와 방문했던 흔적을 없애는 자신의 모습이 그려졌다. 어차피 시간이 지나면 채팅방 로그인 비번이 바뀌어 들어가고 싶어도 들어갈 수 없을 거다. 그렇게 아무것도 몰랐던 걸로 하면 되지 않을까.

'아니.'

도경이는 고개를 저었다. 뼈아픈 경험으로 배운 것이 있지 않은가. 문제는 못 본 척한다고 해서 사라지지 않았다. 외면하면 곪아서 더 큰 문제가 될 뿐이었다. 한참을 고민한 끝에 일단 감시를 해 보기로 했다. 무슨 의뢰가 올라오는지, 새로 바뀌는 비밀번호가 무엇인지를 알아 두어야 만일의 상황에 대비할 수 있을 거였다.

밤늦은 시각, 도경이는 다시 채팅방으로 들어갔다. 곧 채팅 시간이다. 누렁이 의뢰가 완료되었으니 새로운 의뢰가 올라올 것이다. 오늘 의뢰를 올릴 사람은 누렁이를 죽인 범인이라는 뜻이고. 초조한 마음으로 일 분, 일 초가 바뀌는 것을 지켜보았다. 드디어 공지란이 깜박이며 '오늘의 의뢰'의 시작을 알렸다. 곧바로 새로운 의뢰 내용을 확인했다. 의뢰 내용을 쭉 읽어 내려가던 도경이는 자신의 두 눈을 의심했다. 너무 놀라서 숨 쉬는 것도 잊어버릴 지경이었다.

13

 과외 수업 5분 전, 해민이는 도경이의 집 문 앞에 서서 심호흡을 했다. 만나면 묻고 싶은 것이 한두 가지가 아니었다. '너 왜 이렇게 비싸게 굴어? 나 피하는 거야? 그놈의 해결 사이트가 뭔데? 윤소정은 알고 있더라? 나한테는 안 가르쳐 줬잖아? 둘이 뭐야? 걔 나랑 완전 안 친한 거 알지? 너, 나 모르게 소정이랑 비밀 만들었으면 배신이야.'

 한편으로는 다른 이유로도 가슴이 쿵쾅거렸다. 만약 도경이가 '네가 뭔데?' 하고 냉정하게 말하면? 상상만 해도 아찔했다. 새삼 주영이에게 미안했다. 너도 나한테 말하기 전에 고민 많이 했겠지? 그렇게 못되게 대답하는 게 아니었는데. 미안해. 미안해. 정말. 그리고 너랑 도경이 사이에 오해는 좀 나중에 풀자. 쟤가 지금 윤소정이랑······.

"해민아. 왜 안 들어가고 서 있어?"

"엄마야! 언니, 언제 오셨어요?"

지현 언니였다.

"방금. 뭘 넋을 놓고 있어. 들어가자."

언니가 현관문을 열었다. 해민이는 등 떠밀리듯 현관으로 들어섰다.

"오셨어요."

도경이가 인사를 했다.

"응. 도경이 안녕. 숙제 열심히 했겠지?"

"네. 다 했어요."

해민이는 도경이에게 눈길도 주지 않고 언니 뒤를 졸졸 따라 방으로 들어갔다. 말 한마디 없이 책상 앞에 앉으면서도 속은 부글거렸다. 강도경, 저거 언니한테만 인사하고 난 알은체도 안 하는 거 좀 봐.

도경이까지 자리에 앉자 곧바로 수업이 시작되었다. 지현 언니가 침을 튀겨 가며 수학 문제를 설명했지만 해민이의 온 신경은 도경이에게 가 있었다. 저번엔 바로 옆에 앉더니 멀찍이 떨어져 앉았다 이거지? 네가 나한테 숨기는 게 없다면 이럴 수 없지. 해민이는 틈만 나면 눈으로 도경이에게 레이

저 빔을 쏘았다. 하지만 도경이가 고개 한 번을 들지 않는 바람에 한 방도 제대로 맞히지 못했다. 한 시간쯤 지났을까. 결국 지현 언니가 정색을 하며 말했다.

"둘 다 피곤해? 왜 이렇게 집중을 못 해?"

"어…… 어제 잠을 못 자서 그런가 봐요."

해민이는 적당히 둘러댔다.

"너무 무리하면 안 돼. 쉬어 가면서 해야 능률도 오르는 거야."

"네."

"오늘은 일찍 마쳐 줄 테니까, 간식 마저 먹으면서 좀 쉬어."

앗, 수업이 벌써 끝나면, 이제 쟤랑 나랑 둘인데? 해민이는 갑자기 입안이 바짝 말랐다. 지현 언니는 가방을 챙겨 일어나면서 해민이에게 눈을 찡긋해 보였다. 뜨끔. 언니가 뭔가를 오해한 눈치였다. 해민이와 도경이는 일어나 현관문까지 지현 언니를 배웅했다.

"모레 보자. 먼저 갈게."

"네. 안녕히 가세요."

언니가 나가자, 집 안엔 어색한 정적이 흘렀다. 정작 둘만 남게 되자 머릿속이 새하얗게 되었다. 무슨 말이라도 해야 하는데. 입을 막 떼려는데 문밖에서 비명 소리가 들렸다.

"으악!! 이게 뭐야!"

해민이와 도경이는 후다닥 현관문을 열고 나갔다. 지현 언니는 난간에 붙어 서서, 손을 휘젓고 있었다.

"이, 이것 좀 치워 줘. 얼른!"

내려가는 계단에 어른 손바닥만 한 시커먼 쥐가 죽어 있었다. 어휴, 하필 저기서 죽었대. 해민이가 얼굴을 찡그리는 사이에 도경이가 빗자루와 쓰레받기를 꺼내 왔다. 하지만 다가가지 못하고 우물쭈물했다.

"왜?"

도경이 얼굴이 하얗게 질려 있었다. 설마. 저게 무서워? 헛웃음이 났다. 해민이는 도경이의 손에서 빗자루와 쓰레받기를 뺏어 들었다.

"이리 나와. 내가 할게."

재빨리 죽은 쥐를 쓸어 담아 복도 끝에 있는 쓰레기봉투에 던져 넣고는 입구까지 꼼꼼히 묶어 주었다.

"쥐약 먹고 죽었나 봐요. 언니 많이 놀라셨어요?"

"어휴. 호들갑 떨어서 미안해. 내가 징그러운 걸 잘 못 봐서. 나 진짜 갈게. 안녕."

언니는 서둘러 계단을 내려갔다. 도경이는 손에 난 땀을 바지에 닦으며 서 있었다. 귀까지 빨갛게 물든 채였다.

"많이 놀랐어? 그래. 놀랄 만하지."

"미안. 내가 치워야 되는데."

"누가 치우면 어때. 근데 나 너무 용감했나? 무서운 척 좀 할걸. 민망하네."

도경이는 이마를 긁적이며 중얼거렸다.

"……는데?"

"응? 뭐라고?"

"멋있다고."

해민이 얼굴이 순식간에 달아올랐다. 빨리, 무슨 소리든 해야 할 것 같은데 아무 말도 생각이 안 났다. 엎친 데 덮친 격으로 강도경의 얼굴도 점점 더 빨개졌다. 야?! 넌 왜 그래? 아우, 이걸 어쩌지? 그래. 일단, 정색을 하자!

"야, 강도경."

도경이는 눈에 띄게 움찔했다.

"너, 나 좀 봐."

해민이는 도경이의 옷깃을 잡아끌고 다시 집 안으로 들어갔다.

해민이와 도경이는 바닥에 낮게 편 책상을 사이에 두고 마주 앉았다. 그래. 내가 아는 한, 너는 좋은 사람이야. 껄끄러워도 부딪혀 볼 가치가 있을 만큼. 해민이는 숨을 고르고 입을 열었다.

"나 원래 캐묻는 거 안 좋아해. 사람마다 다 말 못 할 사정이 있는 거니까."

도경이는 어벙한 얼굴로 고개를 끄덕였다.

"그런데도 묻는 건, 너에 대해서 더 잘 알고 싶어서야. 괜히 오해하고 싶지 않아서."

"……."

"그러니까 너도 날 믿고 말해 주면 좋겠어."

"뭘 말이야?"

"해결 사이트가 대체 뭐야?"

순간, 도경이가 허를 찔린 듯 숨을 들이켰다.

✤ **오늘의 의뢰** 　　　　　　　　　**의뢰자: 유령신부**

가림 중학교 2학년 2반 김해민이라고, 이번에 학생 문예 대회에서 대상을 받았어요. 그런데 사실 걔가 쓴 글, 그거 표절이에요. 다들 아무것도 모르고 속고 있는 거라고요. 걔는 대상을 받을 만한 아이가 아니에요. 학교생활도 열심히 하지 않고 뭐든 노력을 안 해요.

표절은 범죄예요. 남의 글을 빼앗고, 다른 사람이 받아야 하는 상을 빼앗는 거라고요. 이런 상황을 두고 볼 수가 없어서 진실을 밝혀 달라고 의뢰합니다. 그 글이 표절이라는 사실을 알려 주세요. 어디든 좋으니 최대한 많은 곳에 퍼뜨려 주세요. 교육청에도 올리고, 특히 가림 중학교 홈페이지나 학생들이 많이 들어가는 사이트에 올려 주세요.

뿌잉뿌잉 오, 완전 쉬운데? 그냥 글만 여기저기 올리면 되잖아?

후레자식 쉬워 보이는 게 더 어려운 법이야. 요즘 아무렇게나 막 글 올리면 누가 썼는지 다 추적돼. 쟤가 고소라도 하면 어쩔 거야?

백과사전 표절이라서 표절이라고 했는데 고소는 무슨?

후레자식 웃기지 마, 표절이라는 증거가 어디 있어? 솔직히 증거가 있으면 실제로 까면 되지 여기다 글을 왜 올리냐? 아무것도 없으니까 그러는 거지. 그리고 학교 홈페이지 같은 데는 실명 아니면 글도 못 쓴다고.

119 허~ 후레자식, 알고 보니까 완전 소심하네? 그런 거 무서운 놈이 해결 사이트는 왜 들어오냐?

후레자식 뭐? 이 자식이 누구 보고 소심하대? 내가 이 사이트 원년 멤버야. 들어온 지 얼마 되지도 않는 게.

119 겁나는 게 아니면 네가 해 보든가. 말은 그렇게 하면서 허위사실 유포니 뭐니 잡혀갈까 봐 겁나지? 아니면 네가 해 보라고.

후레자식 허, 네가 그러면 내가 냉큼 한다고 그럴 것 같냐? 등신아. 나는 너 같은 한심한 놈들이랑 다르거든요? 사회적 지위가 있는 몸이라서 신상 털리면 안 되거든? 저런 지질한 짓은 너나 하세요.

119 아 근데, 이 **가 진짜.

오즈의마법사 야, 시끄러우니까 나가서 싸우시고.

백과사전 솔직히 뭐 걸리면 좀 어떠냐. 옛날에 어디서 읽은 적이 있는 거 같아서 그랬다, 하면 되는 거지.

문제적남자 제가 할게요.

백과사전 뭐야!! 내가 하려고 했는데!!

오즈의마법사 늦었어. 오늘 의뢰는 '문제적 남자'한테 낙찰~

후레자식 '119'이 ***, 넌 실제로 만났으면 나한테 죽었어.

119 **하고 있네. 뭣도 안 되면서.

오즈의마법사 아 시끄럽다고!!!! 난 간다!!

"다른 사람의 의뢰를 해결해 주면 자신의 의뢰를 올릴 수 있는 자격이 생기는 거야. 의뢰가 무슨 내용이든 그런 의뢰를 하는 이유가 뭐든 상관없어. 내가 누군지 밝히지 않는 대신, 상대가 누군지도 알려고 하면 안 돼. 다른 사람의 가려운 곳을 긁어 주는 대가로 자기 손으로 차마 하지 못하는 일을 떠넘길 수 있는 곳. 그게 해결 사이트야."

도경이가 사진으로 남겨 둔 대화 내용을 보여 주며 말했다. 해민이는 생각을 하려고 했지만 쉽지 않았다. 누렁이를 죽여 달라는 의뢰가 올라왔었다는 말에 이미 뒤통수를 후려 맞은 것 같았고, 자신의 이름이 거론된 것을 본 다음에는 머리가 멈춰 버렸다. 해민이의 마음을 아는지 모르는지 도경이의 말이 계속 이어졌다.

"너한테 말하려던 참이었어. 이제 너도 상관있는 문제가 되어 버렸으니까."

자신이 상관있다는 것이 무슨 뜻인지 충분히 알아들었다. 이런 말도 안 되는 사이트에 내 이름이 올라와 있다. 끔찍한 일에 휘말린 것이 분명했다. 하지만 정작 해민이의 혼을 빼놓은 것은 따로 있었다. 한동안 눈만 끔뻑이며 화면을 들여다보던 해민이는 결국 폭발했다.

"표, 표절? 누가 이딴 소리를 해? 내가 표절하는 거 봤어? 뭐? 범죄? 남의 걸 뺏었다고? 근거도 없이 뭐라는 거야 지금?"

"어, 중요한 건 그게 아닌데. 잠깐 진정해 봐."

"내가 지금 진정하게 생겼어? 이게 안 중요하면 뭐가 중요해!"

"그래, 중요한 건 맞아. 근데 별일 없을 테니까······."

"별일 없기는! 여기, '문제적 남자'라는 사람이 의뢰를 수락한 거잖아? 그럼 여기저기에 내가 표절했다고 거짓말하고 다닐 거 아니야!"

해민이는 죄 없는 도경이를 향해 펄쩍펄쩍 뛰었다.

"그건 걱정 안 해도 돼. 아무 글도 안 올라올 거야."

"네가 어떻게 알아?"

"'문제적 남자'는 나니까. 내가 수락했어."

해민이의 눈썹이 치켜 올라갔다.

"그게 무슨?"

"다른 방법이 없었어. 일단 내가 수락하면 다른 사람이 못 가져가니까, 시간은 벌 수 있잖아."

"아."

해민이는 벌린 입을 다물지 못하고 도경이의 얼굴만 쳐다보았다.

"완전히 해결한 건 아니야. 내가 아무것도 안 했다는 걸 알면 '유령신부'가 의뢰를 다시 올릴 거야. 경찰이나 선생님께 바로 신고할까 생각도 했는데, 너한테 먼저 알려야 할 것 같았어."

해민이는 아주 잠시, 도경이의 시선이 방황하는 것을 포착했다. 해민이는 눈을 가늘게 뜨고 물었다.

"혹시 내가 정말 표절했을까 봐 신고 안 한 거야?"

"……만에 하나 진짜 표절이면…… 네가 곤란할 수 있잖아. 일단…… 자수를 권해 보려고."

이마를 긁적이는 도경이를 향해 해민이는 입으로 바람 빠지는 소리를 냈다. 와, 강도경 너, 허?

"그래도 이제 아닌 거 알았어."

"내 말을 어떻게 믿어? 표절해 놓고 거짓말하는 거면 어쩌려고."

"너 훤히 다 보인다니까."

빙긋 웃는 도경이를 보며 어째 분한 기분이 들었다. 결론이 믿는다는 거니까 이번만 넘어가 준다, 내가. 해민이는 못 이기는 척 눈가에 힘을 풀었다.

"그나저나, 도경이 넌 이 사이트를 어떻게 알게 된 거야?"
"그게······."

수급평 채팅방에 올라온 초대 링크를 보고 들어갔다는 말에 해민이는 깜짝 놀랐다.

"그 채팅방에 그런 링크가 올라왔다고?"
"나중에 다시 확인했더니 삭제되고 없었어."
"너 말고도 초대 링크를 보고 들어간 사람들이 또 있을 수 있잖아?"
"그렇겠지. 드문드문 새로운 사람이 초대되어 들어오는 걸 보면 잠깐만 올렸다 삭제하는 식으로 계속 링크를 올리는 거 같아."

도경이는 고민이 되는 듯 주저하다가 어렵게 말을 꺼냈다.

"'유령신부' 말이야. 혹시 우리 학교 학생이 아닐까? 널 아는 것처럼 말하던데."

도경이 말에 해민이는 움찔했다. 사실 해민이는 애써 이 생각을 미루어 놓고 있었다. 생각만으로도 무섭고 불안했다. 표절이라는 거짓말을 해 가며 나를 음해할 사람. 이런 정신 나간 짓에 자신을 팔 정도로 상에 집착하면서, 해결 사이트에 대해서도 알고 있는 사람.

"하아."

해민이는 두 손으로 얼굴을 감싸며 고개를 푹 숙였다.

"왜 그래?"

"누군지 알 것 같아. 유령신부."

목이 메어 소리가 잘 나오지 않았다.

14

"미친 거 아니야?!"

주영이는 방방 뛰었다. 얘기 좀 하자고 매달리는 해민이를 못 이기는 척 따라나설 때만 해도 세상 새침한 표정이었다. 하지만 체육 창고 뒤에 웅크리고 앉아 수상한 채팅방의 존재부터 누렁이 사건, 표절 음해까지 모조리 듣고 나서는 호들갑 대마왕, 평소의 최주영으로 돌아왔다.

"거짓말! 진짜 거짓말 같아. 아니, 그러니까 내 말은, 네가 거짓말한다는 게 아니라 그만큼 말이 안 된다고."

"내 말이 그거라니까. 너 아니었음 어디 가서 말도 못 했을 거야. 이런 정신 나간 이야기."

해민이는 다분히 의도를 담아 그렇게 말했다. 너니까 내가 다 믿고 이야기하는 거야.

"윤소정, 걔, 정말 미쳤나 봐. 아무리 질투에 눈이 멀어도 할 짓이 따로 있지."

"난 아직도 이해가 안 가. 내가 왜 그렇게 미운지. 잘났고 가진 것도 많은 애가 대상 하나 놓쳤다고 이렇게까지 하는 게."

"이제 어떻게 할 거야?"

"일단 부딪혀 봐야지. 도경이가 당장 신고하자는 걸 잠깐만 기다려 보자고 했어. 대체 무슨 생각인지 좀 들어 보려고."

"어휴, 이건 물러 터져 가지고. 생각은 무슨. 그런 애는 만천하에 실상을 까발려서 개망신을 줘야지!"

"무조건 봐주려는 게 아니야. 그냥 무서워서 그래. 혹시 내가 모르는 무슨 사정이 있을까 봐."

평소에 알던 소정이는 예민한 부분이 있긴 해도 범죄를 저지를 만큼 나쁜 아이는 아니었다. 주영이는 마음에 안 든다는 듯 쳐다보다가 겨우 고개를 끄덕였다.

"너, 윤소정한테 따지러 갈 때 나랑 같이 가. 알았지?"

"물론이지. 그럼, 내 친구 주영아. 이제 화 푸는 거지?"

해민이가 눈을 찡긋하며 주영이에게 말했다.

"그래, 이 기집애야. 봐준다, 내가."

주영이는 해민이의 등짝을 찰싹 때리고 얄밉다는 듯 흘겨보았지만, 그 눈빛이 되려 해민이의 마음을 편하게 했다. 가슴을 짓누르는 것 같던 답답함이 가시고, 주변의 공기도 한결 가벼워진 기분이었다. 해민이는 웃음을 멈추고 잠시 뜸을 들였다. 드디어 때가 왔다. 가장 어려운 말을 해야 하는 순간이.

"주영아, 사실은 나 아직 말 안 한 게 있어."

"뭔데?"

주영이가 눈을 반짝이며 해민이를 쳐다보았다. 수십 번을 연습한 상황이지만, 닥치고 보니 또 떨렸다. 준비했던 말들이 나오다 말고 자꾸 기어들어 갔다. 해민이는 숨을 크게 들이마신 다음, 높은 곳에서 뛰어내리는 심정으로 말했다.

"음. 일부러 속이려고 한 건 아닌데, 사실 난 아빠가 없어. ……예전부터 쭉, 엄마랑만 살아. 내가 받는다는 과외, 그거 성당에서 무료로 해 주는 거야. 우리 집이 한 부모 가정이라서. 네가 같이 과외하자고 했을 때, 그러자고 못 한 건 그거 때문이야."

"……."

후다닥 말해 놓고 힐끔 주영이의 얼굴을 살폈다. 주영이는 땡그랗게 놀란 눈을 연신 깜박이고 있었다.

"너한테 사실대로 말하고 싶었는데, 엄두가 안 나더라. 우리 집 사정 알고 나서 친하게 지내던 친구랑 서먹해진 게 한두 번이 아니거든."

해민이는 차마 주영이를 쳐다보지 못하고 시선을 이리저리 돌렸다. 주영이는 여전히 아무 대답이 없었다. 짧은 평생, 이렇게 간 떨리는 정적은 처음이었다. 결국 시선은 다시 주영이를 향했다. 주영이는 좀 전보다 차분한 얼굴로 서 있었다.

"놀랐지?"

"음, 조금? 근데, 나도 고백할 거 있어."

"무슨 고백?"

"사실 나, 대충 알고 있었어. 네 사정."

해민이는 불과 몇 초 전에 주영이가 짓던 표정을 따라 지었다. 아니, 주영이보다 눈을 더 부릅뜨고 더 정신없이 깜박거렸다.

"야, 어! 어떻게? 너, 언제? 아니, 왜?"

말하는 사람도 무슨 소리인지 모르겠는데, 주영이는 눈을 찡긋하며 대답했다.

"내가 모르는 게 있을 것 같아? 애가 내 정보력을 무시하고 있어."

"알고 있었으면 진작 말을 하지!"

"학원 친구한테, 정확히는 그 친구의 초등학교 동창한테 들었어. 근데 걔도 정확하게 아는 건 아닌 데다, 당사자가 말을 안 하는데 함부로 아는 척을 하기도 그래서. 기다리면 언젠가 말해 줄 수도 있고……. 솔직히 또 말 안 하면 어떠냐. 그건 네 맘인데."

으아, 으아, 으아. 해민이는 머리를 감싸 쥐고 고개를 푹 숙였다. 다 아는데 모르는 척하고 있었던 거야? 그것도 모르고, 나 혼자 무슨 생쇼를 한 거야? 허탈함과 민망함이 거세게 물결치며 지나갔고, 남은 자리에 안도감이 슬쩍 고개를 내밀었다.

"나는…… 괜히 이야기했다가 너랑 어색해질까 봐 무서웠어."

"야, 너 인간 최주영이를 뭐로 보는 거야? 내가 그런 일로 친구를 이상하게 볼 사람이야?"

"그러게 말이야. 내가 잘못했네."

푹 숙인 얼굴에 천천히 미소가 번지다가, 돌연 코끝이 싸해졌다. 웅얼웅얼 겨우 내뱉은 말은 이거였다.

"미안해."

"뭐가?"

"전부 다. 넌 맨날 나 챙겨 주고 배려해 줬는데, 난 받기만 해서. 고맙다는 소리도 못 하고 섭섭하게만 해서. 진작 털어놓지 못하고 속여서. 나 때문에 많이 속상했지?"

듣고 있던 주영이가 갑자기 큼큼 목을 가다듬더니 말했다.

"사실은, 쪼끔 서운하긴 했어. 강도경이 나타나고부터 말이야. 네가 나한테 말 못 한 사정, 도경이는 다 알고 있는 눈치라서. 그건 섭섭하더라고. 같은 집 사니까 비밀로 할 수 없는 게 있겠지만, 자꾸 못난 생각이 드는 거야. 강도경을 안 지 얼마나 됐다고, 내가 걔보다도 못한가……."

"아니야, 그런 거."

"알아. 이제 괜찮아, 정말이야. 다시 생각하니까, 나 좀 질투도 났었던 거 같아. 넌 대상도 타고 그랬잖아. 네가 다른 사람이 된 거 같고 막."

주영이는 웃으며 말했지만, 결국 코끝을 문지르며 고개를 돌렸다.

"최주영이 얼마나 괜찮은 사람인데, 날 질투하냐. 나야말로 네가 얼마나 부러웠는데. 남들 눈치 안 보고 항상 당당한 거."

"헤헤. 우리 둘 다 그동안 바보짓 했다, 그치?"

"그러게, 누가 절친 아니랄까 봐."

결국은 둘 다 푸하하 웃어 버렸다. 눈꼬리에 눈물방울을 달고서. 바보짓도 함께 해 주는 친구가 있다는 것이 이토록 고마운 일인 줄 미처 몰랐다.

"이제 이야기는 다 끝났어?"

창고 뒤쪽에서 도경이가 나타났다. 등장할 때를 노리고 있었던 것처럼 딱 맞는 타이밍이었다. 해민이는 주영이의 눈치를 살피며 말했다.

"내가 불렀어. 너희 두 사람 소개해 주고 싶어서. 오해도 좀 풀었으면 좋겠고."

주영이는 도경이를 힐끗 쳐다보더니 해민이에게 바짝 붙어 섰다. 기분이 나빠 보이진 않았지만 좀 당황스러운 것 같았다. 잠시 후 도경이가 먼저 말문을 열었다.

"안녕? 해민이랑 같이 있는 건 몇 번 봤는데 인사를 못 했어. 난 강도경이야."

"알아. 난…… 최주영이야. 너도 알겠지만."

주영이는 발끝으로 땅바닥을 콕콕 찍었다. 해민이는 이 어색한 상황을 누그러뜨릴 말을 찾기 위해 빠르게 머리를 굴렸다. 하지만 주영이가 더 빨랐다.

"어, 저기. 친하지도 않으면서 이런 거 물어봐서 미안해.

그래도 네가 해민이 친구라면 나도 확실히 짚고 넘어가야겠어."

주영이는 도경이의 눈을 똑바로 쳐다보며 말했다.

"너 무슨 일로 이 학교에 전학 온 거야? 일진이랑 싸우고 강제 전학 왔다는 소리가 있는데 진짜야?"

돌직구가 날아갔다. 도경이의 표정은 흔들림이 없었고, 정작 안절부절못하고 선 사람은 해민이었다. 이걸 어째, 안 말려도 되나?

"일진이랑 싸운 건 맞아. 하지만 걔가 다른 애한테 시비를 거는 걸 말리다가 싸우게 된 거야."

도경이가 해명했지만 주영이는 딱딱한 얼굴로 다시 물었다.

"정말이야? 그럼 왜 네가 전학을 온 건데? 걔 잘못이면 걔가 가야지."

"난 강제 전학 온 거 아니야. 그 학교에 계속 다니고 싶지 않아서 전학 온 거야. 부모님이 이혼을 하시게 됐는데, 우리 아빠가 그 학교 교사였거든."

아뿔싸. 해민이는 고개를 돌려 주영이를 쳐다보았다. 주영이는 산소가 모자란 금붕어처럼 입을 뻐끔거리다가 얼굴이 빨갛게 달아올라, 곧 빨간 금붕어가 되었다. 아이고, 불쌍

한 것.

"미안해. 전부 다— 사과할게."

주영이가 고개를 숙였다. 맨입으로 사과할 수 없다며 유나 언니 카페로 모두를 끌고 가서 생과일주스를 샀다.

"괜찮아. 신경 쓰지 마."

거짓말 조금 보태서 백 번쯤 괜찮다는 소리를 듣고 나서야 주영이는 한숨을 돌렸다. 세 사람은 신성한 생과일주스 앞에서 서로의 비밀을 공유한 친구가 된 것을 기념하고, 해결 사이트 문제를 어떻게 해야 할지 의논했다.

주영이가 물었다.

"정말 당장 신고 안 해도 되겠어?"

해민이는 근심 가득한 얼굴로 말했다.

"음. 잘은 모르겠어. 근데 자꾸 맘에 걸려. 윤소정이 이렇게까지 하는 이유가 있을 것 같아."

도경이가 말했다.

"난 소정이가 그런 짓을 했다는 게 믿기지 않아."

주영이가 눈을 치켜뜨고 물었다.

"너 지금 윤소정 감싸는 거야?"

"아니. 그런 게 아니라, '유령신부'가 정말 소정이라면, 지난번 의뢰를 해결했다는 거잖아? 그러니까 누렁이를……."

도경이의 말에 순간 분위기가 침울해졌다.

"왜 그렇게까지 상에 집착하는 거지? 걔네 부모님 엄청 무서운가? 1등 못 하면 막 혼내고?"

해민이가 묻자 주영이가 대답했다.

"나 윤소정이랑 같은 초등학교 나와서 좀 아는데. 걔네 부모님, 무서운 건 모르겠고 엄청 대단한 분들이야. 아빠는 되게 높은 경찰이고 엄마는 무슨 연구원이랬나. 소정이 전교 회장 됐을 때 반 애들 다 집에 초대해서 파티했었거든. 그때 봤는데 엄마, 아빠 둘 다 멋있고 친절해 보였어. 좋은 부모님 같던데?"

"좋은 부모님도 상처는 줄 수 있어. 자식을 많이 사랑해도. 아니, 많이 사랑해서."

도경이가 말했다. 알 듯 모를 듯한 말이었다. 그러고 보면 소정이는 좀처럼 행복해 보이지 않았다. 가진 게 많은 것 같은데도.

'누구나 말하기 힘든 사정이 있거든.'

국어 선생님의 한숨 섞인 말이, 안타까운 표정이 자꾸 머릿속을 맴돌았다.

"변명할 기회는 주고 싶어. 그래야 마음이 편할 것 같아."

"그래. 네가 하고 싶은 대로 해. 근데, 윤소정이 그사이에 또 무슨 짓을 하는 건 아니겠지? 다른 사람한테 의뢰를 한다거나?"

도경이가 말했다.

"괜찮아. 의뢰를 해결하는 기한은 일주일이야. 아직 안 지났으니까 다시 올릴 수는 없어."

"그래? 다행이다."

해민이가 주먹을 불끈 쥐고 말했다.

"그래도 빨리 담판을 지어야지. 내일은 말해야겠어. 수업 마치고 동아리실에서 보자고 해야겠다."

"우리 반이니까 내가 말해 줄까?"

"아냐. 괜히 사람을 오라 가라 한다고 기분 나빠할지도 몰라. 내가 직접 말할게."

그때 주영이가 불쑥 말했다.

"근데 얘들아, 나도 문예 창작부 들어갈까?"

"엥? 갑자기 왜?"

해민이가 물었다.

"너희 둘 다 문예부니까 나도 같이하면 좋을 것 같아서. 게다가 윤소정도 같은 부인데 걔가 앞으로 또 무슨 짓을 할 줄 알고. 나도 뭉쳐서 힘을 합해야지."

비장한 주영이의 표정에 해민이는 피식 웃음이 나왔다.

"마음은 고마운데…… 너 내가 같이하자고 했을 때 책 읽고 작문하고 하는 거 싫다고 했잖아? 싫은 거 억지로 할 필요 없어."

주영이의 어깨가 금방 축 처졌다.

"그래. 솔직히 문예부 너무 재미없어 보여서 자신 없어."

"내 생각에는……."

도경이가 말했다.

"주영인 문예부보다 신문 편집부가 더 잘 어울릴 것 같아."

"신문…… 편집?"

해민이와 주영이가 동시에 도경이를 쳐다보았다.

"응. 우리 학교 신문 말이야. 주영이는 친구도 많고 발이 넓은 것 같은데 기자가 되면 어떨까?"

오호. 해민이가 무릎을 탁 쳤다. 왜 그동안 이런 생각을 못 했을까.

"우와. 도경이 천잰데? 주영아. 어때? 신문부 기자가 되는 거야! 너 사진도 잘 찍잖아. 딱 맞을 것 같아."

주영이는 자신 없는 목소리로 말했다.

"기자라고? 내가? 학교 신문부 담당 선생님은 사회쌤이잖아? 되게 깐깐하기로 유명하던데. 아무나 받아 주지도 않고 입부할 때 기사 쓰고 통과돼야 들어갈 수 있대."

"거 봐. 얘 모르는 거 없다니까."

"딱이네."

도경이와 해민이가 웃음을 터뜨리자 주영이도 따라 웃었다.

"들어가고 싶어도, 일단 기사부터 준비해야 된다고. 써 본 적도 없는데, 갑자기 무슨 내용으로 써?"

도경이가 말했다.

"이건 어때? 네가 해민이를 인터뷰해서 기사로 쓰는 거야. '학교를 빛낸 얼굴: 미래의 작가와 만나다' 뭐 이런 내용으로."

"우웩! 그게 뭐야!"

해민이가 소리쳤다. 하지만 주영이는 호오 소리를 내며 고개를 끄덕였다.

"그거 괜찮은데? 나, 그걸로 할래."

"야, 안 돼. 왜 이렇게 빨리 정해? 신중하게 결정하란 말이야!"

"김해민! 너, 친구가 해 보고 싶은 게 있다는데 이렇게 협조를 안 해 주냐?"

주영이가 사악한 미소를 지으며 쳐다보았다.

"인터뷰, 해 줄 거지이? 미래의 작가님?"

해민이는 이러지도 저러지도 못한 채 의견을 낸 도경이만 한껏 째려보았다. 도경이는 도경이대로 딴청을 피워 댔다.

"자. 그럼 결정된 걸로!"

짝짝짝. 주영이와 도경이는 환호하며 박수를 쳤다. 맞은편 테이블에 혼자 앉아 있던 야구 모자를 쓴 남자가 이쪽을 쳐다보았다. 아이들은 눈치를 보며 황급히 입을 막았지만 자꾸 웃음이 새어 나왔다.

그날 이후, 소정이는 사람들의 눈을 쳐다보는 것이 힘들었다. 누군가와 눈이 마주치면 자신이 한 짓을 모두 들킬 것 같았다. 칭찬하는 말을 들어도 더 이상 기쁘지 않았다. 무슨 일이 있었는지 다 알게 되면? 그간 꾸며 낸 모습으로 거짓말을 하며 살았다고 비난할 거다. 혼자 있어도 괴로운 것은 마찬가지였다. 밤새 뒤척이다 겨우 잠이 들면 얼마 지나지 않아 식은땀을 흘리며 깨어났다. 덜덜 떨리는 손으로 이불을 움켜쥐고 있으면 꿈인지 현실인지 분간이 가지 않는 장면들이 조금씩 떠올랐다.

털이 노랗던 개가, 깡충거리며 꼬리를 치다가, 소시지를 물어뜯고 쓰러진다.

거기까지 생각이 나면 속이 뒤집어질 듯 요동을 쳤다. 내가, 그러려고 한 게 아니야. 미안해. 정말, 미안해. 누군가에게 밤새 빌고 또 빌었다.

의뢰를 해결하기로 마음먹었던 그날, 소정이는 냉장고에 있던 비엔나소시지에 약국에서 산 쥐약을 섞어서 비닐봉지에 챙겨 담았다. 그리고 사이트에 적혀 있던 주소로 찾아갔다. 골목은 시시각각 어두워지고 있었고 오가는 사람은 없었다. 하얀 울타리 너머로 묶여 있는 개 한 마리가 보였다. 소정이는 울타리에 바싹 붙어 섰다. 울타리 너머로 소시지를 쏟아부어 버리고 얼른 도망칠 생각이었다.

하지만 엎드려 있던 개가 번쩍 고개를 들더니 자리에서 일어났다. 온몸이 노란색인데 주둥이만 시커먼, 시골 장터에서 박스 너머로 고개를 내밀고 있을 것 같은 개였다. 짧은 다리와 동그랗게 말린 꼬리는 순진한 인상을 더했다. 겁에 질린 동그란 눈이 자신을 쳐다보자 소정이는 가슴이 철렁했다. 미친 듯이 짖는다고 해서 사나울 줄 알았는데, 개는 손에 들고 있는 소시지 냄새를 맡았는지 곧 겅중거리며 뛰었다. 꼬리를 힘차게 흔들었다.

'설마, 달라는 거야? 바보 개야, 너 이거 먹으면 죽는다고!'

아무것도 모르는 개를 보니 왈칵 겁이 났다. 너무 짖어서 근처에도 못 가겠으면 그냥 돌아와야지. 낯선 사람이 주는 건 안 먹을 거야. 그럼 어쩔 수 없지. 그런 생각을 하며 겨우 여기까지 왔는데.

온몸에 힘이 쭉 빠져서 울타리 앞에 주저앉았다.

'안 돼. 난 못 해. 소원이고 뭐고, 이런 짓을 어떻게 해.'

발밑에 눈물이 툭툭 떨어졌다. 개는 소정이를 달래기라도 하듯 울타리에 바짝 다가서 끼깅거렸다. 바보 같은 멍멍이. 개를 보니 눈물이 더 쏟아졌다. 이제 어쩔 거야? 다 망했어. 소정이는 수백 번을 고민했지만 자신이 절대 개를 죽일 수 없으리라는 것을 알았다.

한참 후에야 눈물을 훔치며 몸을 일으켰다. 개는 이리저리 끙끙거리며 오두방정을 떨고 있었다. 그 모습을 보니 헛웃음이 났다.

'방금 무슨 일이 지나갔는지도 모르지. 바보야.'

그때, 개가 갑자기 울타리 사이로 주둥이를 내밀더니 소정이의 손에 들린 봉투 끝을 덥석 물고 늘어졌다. 순간 비명을 지를 뻔했다. 툭, 봉투가 뜯기며 소시지가 후드득 떨어졌고 울타리 안팎으로 흩어졌다. 소정이는 소스라치게 놀라 발밑의 소시지 몇 개를 하수구 구멍으로 차 버렸다. 하지만 늦었다. 개는 울타리 안에 떨어진 소시지를 냅름 주워 쩝쩝거리며 씹고 있었다.

'먹으면 안 돼!'

소정이는 그제야 발을 동동 굴렀지만 할 수 있는 것이 없었다. 몇 개나 먹은 건지도 몰랐다. 개는 마당에 코를 박고 남은 게 더 없는지 쿵쿵거렸다. 온몸이 후덜덜 떨렸다. 내가 그런 거 아니야. 손에 들고 있던 봉투를 떨어뜨리고 한두 걸음 뒷걸음질 치다가 그대로 골목길을 내달렸다. 집에 도착할 때까지 한 번도 뒤를 돌아보지 못했다.

그날 밤, 밤이 새도록 덜덜 떨며 빌고 또 빌었다. 제발, 아무 일 없게 해 주세요. 그 어느 때보다도 간절하게 빌었다. 다음 날 학교를 마치자마자 다시 그 집 앞으로 가 보았다. 개 집은 텅 비어 있었다. 실낱같은 희망이 사라지자 소정이는 무너져 내렸다. 울타리 앞에 서서 울음을 터뜨렸다. 자꾸 구역질이 나서 정신을 차릴 수 없었다.

'이제 어떻게 해야 하지?'

머리가 터져 버릴 것 같았다. 자신이 후회하고 있다는 것을 알았지만 인정할 수 없었다. 인정하고 나면 모든 것이 다 끝나 버릴 것만 같았다. 어차피 이제 와서 없었던 일로 돌릴 수는 없어. 그런 끔찍한 짓까지 해 놓고 여기서 다 포기할 거야? 그럼 대체 뭘 위해 그런 짓을 한 건데?

그래. 이게 다 너 때문이야, 김해민. 너만 아니었으면 이런 사이트 들어오지도 않았을 거고, 끔찍한 짓 저지르지도 않았을 거야. 네가 다 책임져. 이 모든 것이 해민이 때문이라고 생각하면 조금, 아주 조금은 숨을 쉴 수 있을 것 같았다. 집으로 돌아와 해결 사이트에 들어가 보았다. '개장수'의 의뢰에는 '완료' 표시가 되어 있었다. 소정이는 그 주 채팅 시간에 맞추어 해민이에 대한 의뢰를 올렸다.

의뢰를 올리고 하루하루 타들어 가는 심정으로 기다렸다. 하지만 기대하는 소식은 좀처럼 들리지 않았다. 사흘이 지났지만 홈페이지에 글은 고사하고 소문조차 들려오지 않았다. 이 정도면 뭔가가 되고도 남았어야 하는데.

나흘이 되던 날, 대회 결과를 묻는 엄마 아빠에게 소정이는 거짓말을 해 버렸다. 자신이 대상을 탔노라고. 2년 연속 대상이라며 기뻐하는 부모님을 보니 잠시 꿈꾸는 기분이 들었다. 하지만 곧 장이 꼬이는 것처럼 배가 아프고 식은땀이 났다. 이미 뱉은 말을 주워 담을 수도 없었다. 곧 이번 달 학교 신문이 나오는데, 거기에 해민이와 자신의 수상 소식이 실릴 것이다. 그때까지 어떻게든 해결해야 한다.

'표절로 시끄러워지면 대상이 취소되겠지. 그렇게만 되면 내가 대상이야. 그래, 아직 방법이 있어. 제발 빨리 표절 사실을 알려야 하는데!'

닷새가 지나자 더 이상 참고 기다릴 수 없었다. 방과 후 집에 오자마자 방으로 들어가 문을 걸어 잠갔다. 아무도 없었지만 누가 볼세라 커튼까지 꼭꼭 닫고 컴퓨터를 켰다. 부팅이 되자마자 채팅방으로 들어가 서둘러 내용을 살펴보았다. 오늘도 역시나, 완료 공지는 없었다.

소정이는 다리를 달달 떨면서 팔에 난 솜털을 잡아 뜯었다. 모레가 중간고사인데도 공부고 뭐고 아무것도 손에 잡히지 않았다. 일주일에 한 번 새로운 의뢰가 올라오는 날을 제외하면 해결 사이트 채팅방에 대화가 오가는 일은 거의 없었다. 하지만 소정이는 더 이상 기다릴 수 없어서 자판을 두드렸다. 여태 뭘 하고 있는지 직접 알아볼 작정이었다.

유령신부 여기요. 누구 없어요? 물어볼 거 있으니까 대답 좀 해 봐요.

후레자식 엥? 갑자기 뭐야?

유령신부 나예요. 이번 의뢰 올린 사람.

오즈의마법사 근데? 무슨 일이야?

유령신부 내 의뢰 수락한 사람, '문제적 남자'요. 여태 아무것도 안 하고 있어요. 다른 사람으로 바꾸고 싶어요.

뿌잉뿌잉 뭐라는 거야. ㅋㅋㅋ 바보냐.

파파라테 얘는 또 뭐냐. 공지도 안 읽었나.

오즈의마법사 아직 의뢰 수락한 지 5일밖에 안 됐어. 일주일이 지나도록 해결이 안 돼야 바꿀 수 있으니 기다려.

유령신부 인터넷에 글 올리는 게 뭐가 힘들다고 그래요? 아무것도 안 한다니까요?

파파라테 힘든 게 없으면 네가 직접 하면 되겠네. 왜 여기다 올려놓고 이래라 저래라야.

후레자식 하여간 규칙도 모르는 것들. 기다리라고.

유령신부 당장 해야 한다고요. 문제적 남자, 누군지 알려 줘요. 급한 일이라고 말할래요.

오즈의마법사 다시 한번 말하지만, 여기에선 모두가 익명 보장이야. 개인 신상 같은 건 알려 주지 않아.

유령신부 그럼 제대로 하든지 말든지 아무도 신경 안 쓰겠다는 거잖아요. 진짜 소원을 들어주기는 하는 거예요?

뿌잉뿌잉 아, 저런 애들 너무 싫어. 난 간다~

후레자식 나도. 괜히 들어왔네. 이봐. 오즈의 마법사. 이런 애들은 관리 좀 하라고. 들어와서 물 흐리지 않도록.

유령신부 이봐요! 내가 당하고만 있을 것 같아? 이런 사기 사이트 같은 거 내가 경찰에 신고해 버릴 거야! 우리 아빠가 경찰 완전 높은 사람이야!!

파파라테 어휴~ 무서워라. 아빠가 경찰이에요? 난 도망가야겠네~ 잘 있어라.

유령신부 지금 장난치는 줄 알아?

오즈의마법사 말조심해. 너라고 무사할 것 같아?

사람들이 하나같이 비웃으며 동조를 해 주지 않자 소정이는 키보드를 내던져 버렸다. 침대로 뛰어들어 매트리스를 퍽퍽 내리쳤다. 찔끔찔끔 나오던 눈물이 어느새 줄줄 흘렀다.

'속은 거야. 애초에 소원 같은 거 들어줄 생각이 없었던 거라고. 윤소정, 바보. 멍청이!!'

위층까지 우는 소리가 들릴까 봐 베개에 얼굴을 묻었다. 억눌린 울음소리가 새어 나왔다. 베갯잇을 새로 바꾼 지 얼마 되지 않았는데도 벌써 베개 가운데가 누랬다. 다 망했다. 소름끼치면서도 익숙한 느낌이 머리끝과 발끝에서 온몸을 동시에 죄어 왔다. 아, 안 돼. 꽁꽁 싸매서 묻어 두었던 기억이 때를 틈타 기어 나왔다.

그날도 그랬다. 국제중 합격자 발표 공지를 확인하던 그 순간. 불합격이라는 결과를 이해할 수 없어서 학교로 연락해 재확인을 요청했다. 안내에 문제가 없다는 대답이 돌아왔다. 온몸에 힘이 빠지고 정신이 멍했다. 설마, 정말 떨어졌단 말이야? 이럴 리 없어. 말도 안 돼. 며칠 동안 울었지만 아무것도 변하지 않았다.

'다음 기회가 또 있을 거야. 너무 실망하지 마.'

선생님이고 부모님이고 누구의 말도 귀에 들어오지 않았다. 자신에게 필요한 것은 입에 발린 위로 따위가 아니라 지금 당장 상황을 해결할 수 있는 방법이었다. 뭔가 방법이 있을 거였다. 내 인생이 이렇게 끝날 리가 없었다.

그때 누군가의 말이 거짓말처럼 귓가를 파고들었다. 자신처럼 국제중에 떨어진 학원 친구의 말이었다. 바로 '인생 리셋'.

'이번 생이 폭망했을 때 다음 생으로 가는 의식이야. 지금까지 있었던 일 싹 다 지워 버리고 다시 시작하고 싶지? 봐 봐, 나도 해 봤는데 진짜 신기해.'

친구는 자신의 손목을 내보였다. 손목에는 선명한 흉터가 남아 있었다. 바보 같으면서도 그럴듯하고, 어이없지만 솔깃했다. 멀쩡한 동아줄이든 썩은 동아줄이든 잡아 보기로 했다. 어차피 다 끝나 버린 거 더 잃을 게 없었다. 소정이는 집으로 가서 방문을 꼭 잠그고 심호흡을 한 뒤 의식 절차에 따랐다.

하지만 일을 저지르고 난 뒤 밀려온 느낌은 새로 태어나는 기분이 아니라 눈앞이 컴컴해지는 두려움이었다. 냉동 창고에 갇힌 것처럼 몸이 오들오들 떨렸다. 속이 울렁거리고 세상이 희미해지며 절로 눈이 감겼다.

눈을 떴을 땐, 하얗게 질린 엄마 아빠가 소정이 옆에서 목놓아 울고 있었다. 엄마 아빠는 한동안 출근도 하지 않고 소정이의 곁을 지켰다. 태어나서 처음 있는 일이었다. 더 이상 아무도 자신의 실패를 거론하지 않았다. 대신 칭찬만 늘어놓았다.

"국제중 못 가도 괜찮아. 열심히 하는 게 더 중요하지. 소정이 너 이번에 수학 학원에서 1등 했잖아. 작년에는 영어 말하기 대회에서 상도 받았고. 중학교 가서 1등 하면 아무도 뭐라고 못 할걸? 그리고 소정이는 글도 잘 쓰잖아? 나중에 멋진 작가가 되면 다들 얼마나 부러워하겠어?"

소정이는 그해 졸업식에 참석하지 못했다. 길고 긴 겨울을 보내고 다시 학교에 가게 되었을 때 엄마 아빠는 스마트워치를 사 주셨다. 왼쪽 손목에 차니 흉터가 감쪽같이 가려졌다. 어쩐지 새로 태어나는 기분이 들었다. 그동안 일어났던 일들이 다 거짓말 같았다. 이런 걸 '인생 리셋'이라고 하는구나. 그제야 이해가 갔다.

"소정아. 사랑해. 넌 엄마 아빠의 전부야."

부모님의 울먹이던 목소리를 생각하며 소정이는 고개를 끄덕였다. 힘을 내 다시 시작해야 해. 엄마 아빠의 전부인 내가 아무것도 아니라면 엄마 아빠의 인생 역시 아무것도 아닌 것이 되어 버릴 테니까.

얼마나 지났을까. 설핏 잠이 들었던 모양이다. 눈을 뜨고 고개를 드니 머리가 어지럽고 몸은 축 늘어졌다. 뱃속에서 꼬르륵 소리가 났다. 소정이는 몸을 일으키고 앉았다. 어두침침한 방 안에 컴퓨터 화면만 환하게 빛나고 있었다. 화면에는 아직도 채팅 창이 떠 있었다. 벌떡 일어나 컴퓨터 쪽으로 갔다. 채팅 창을 닫아 버리려던 그때, 화면 가운데 뭔가 반짝이는 것이 보였다.

'오즈의 마법사 님께서 1:1 대화를 신청하였습니다.'

소정이는 눈살을 찌푸리며 확인 버튼을 클릭했다.

야, 유령신부.
너 죽고 싶냐?

어디서 신고하니 어쩌니 주절거려?

너 가림 중학교 다니지? 딱 보면 알지. 너 같은 애들 여기 널렸어. 표절이라고 길길이 날뛰면서 직접 처리 안 하고 이런 데 올리는 거 보면 답이 나오지. 같은 학교 친구가 상 타니까 배 아프고 질투 나서 이러는 거잖아?

내가 너 못 찾을 것 같아? 당장 너희 학교 홈페이지에 네가 쓴 글 다 올릴 거야. 네가 개 죽이고 다른 친구 표절로 몰아가려고 한 거 다 까발릴 거라고.

아빠가 경찰이라고? 잘됐네. 신고해 봐야 이런 채팅방은 없어지면 그만이야. 근데 넌 무사할 것 같아? 딸년이 이런 짓을 하고 다니는 거 알려지면 너희 아빠 어떻게 될까?

날 건드리다니 실수했어. 기껏 소원 이룰 기회를 줬더니 이따위로 날려 먹어? 멍청하고 욕심만 많아서. 그냥 죽어 버려.

마우스를 쥔 손이 떨렸다. 떨림이 팔, 어깨로 이어지더니 결국 몸 전체가 부들거렸다. 아랫배에서부터 싸한 통증이 올라왔다.

'아, 안 돼.'

도망치듯 채팅창을 닫고 컴퓨터를 꺼 버렸다. 그리고 침대로 뛰어들어 이불을 뒤집어썼다. 누군가 쳐다보는 것 같은 기분에 계속 주변을 힐끔거렸다. 몸을 더 웅크리고 이불을 잡아당겼다. 입술이 파르르 떨리고 숨이 잘 쉬어지지 않았다.

'우리 학교를 알고 있어. 홈페이지에 글을 올린다고? 안 돼! 난 그냥, 진실을 밝히려던 것뿐인데……. 표절한 애가 대상을 받게 놔둘 순 없잖아! 증거가 없을 뿐이야. 표절한 게 확실하다고. 근데 다들 믿어 줄까? 오히려 이상한 사이트에 들어가서 개까지 죽였다고 나를 탓하겠지? 어째서 일이 이렇게 되었을까. 엄마 아빠가 모든 걸 알게 되면……. 아니, 세상 사람들이 다 알게 되면? 난 이제 어쩌지?'

머리칼을 움켜쥐었다. 이번에야말로 완벽한 실패였다. 사이트 운영자의 마지막 말이 머릿속에서 계속 울렸다.

'그냥, 죽어 버려.'

15

골치 아픈 일이 있으신가요? 누군가 해결사처럼 짠 나타나 문제를 해결해 줬으면 하고 바라시죠? 그럼 이곳으로 들어오세요. 해결 사이트.

이 각박한 세상에는 요정도 산타도 램프의 지니도 없지만, 이곳에 들어오시면 거짓말 같은 일이 일어납니다. 당신의, 당신에 의한, 당신을 위한 문제 해결 사이트입니다.

이런 거 누가 믿냐고? 어허, 믿음이 없으면 얻는 것도 없는 법이지. 못 믿겠으면 초대 링크를 무시해 버리면 그만이야. 근데 궁금하지? 고민할 시간 없어. 여차하면 문은 닫혀 버려. 기회는 지금뿐이야.

해결 사이트에 입장했다면 축하해. 넌 이제 소원을 이룰 수 있어. 물론 먼저 노력을 좀 해야 해. 남의 소원을 먼저 들어줘야 너한테 자격이 생기거든. 현대판 상부상조라고나 할까? 와, 내가 생각해도 이 시스템은 정말 멋져. 대체 어떻게 이런 생각을 했는지 궁금하지?

음, 처음에 시작하게 된 계기는 뭐였냐면…… 이건 내가 급식이 시절에 있었던 일이야. 난 그때 이미 잘나가는 유튜버였는데 내 인기에 열폭한 새끼가 하나 있었어. 지질한 게 틈만 나면 온갖 시비를 걸더니 내가 상대를 안 해 주니까 선을 넘더라고. 내 채널에 들어와서 악플을 달더라니까. 와, 진짜 농담 아니고 보기만 해도 온몸에 털이 곤두설 것처럼 짜증이 나더라고. 근데 또 같은 반이 되는 거야? 내가 진짜 학교에서는 얌전하게 살고 싶었는데 그 자식 때문에 싸우다 선생들한테 찍히고……. 피해를 여간 본 게 아니야. 아, 생각하니까 또 열받네.

아무튼, 그 새끼를 한번 손봐 주려고 벼르고 있었어. 내가 남들 모르게 누군가 골탕 먹이는 건 도가 텄거든. 체육복 훔쳐서 화장실에 처박거나 사물함에 썩은 우유 쏟아붓거나. 유치하다고? 너네들이 뭘 모르는 거야. 진짜 사람 괴롭히는 건 유치한 걸로 해야지. 짜증나고 열받는데 어디 가서 말해 봐야 별것 아니라고 신경도 안 써 주는 그런 거 말이야. 그게 진짜 사람 미치게 하거든.

근데 중요한 건, 이 자식이 눈치가 빤해서 걸려들지 않는 거야. 불러내도 나오질 않고 내가 주는 건 받지도 않고. 뭔 눈치를 챘는지 쉬는 시간에 자리 한번 안 비우더라니까. 정말 약삭빠른 자식이지.

그때 그 녀석을 딱 만났지. 지금 생각하면 그건 운명이었어. 알라딘과 지니의 만남처럼 말이야. 지니와 나는 같은 반이기는 했는데, 이전엔 말도 한마디 안 해 봤어. 지니가 좀 찐따 같은 데가 있었거든. 근데 나한테 먼저 접근해서 그러더라?

'너 ○○이 노리고 있지? 내가 도와줄까?'

처음에는 얘가 뭔 소리를 하나 싶었는데, 뭐 도와준다잖아? 내가 손해 볼 건 없겠다 싶어서 콜, 했지. 지니는 틈나는 대로 부지런히 움직였어. 그 새끼 물건 헤집어 놓고, 물건에 낙서해 놓고, 가방에 쓰레기를 쏟아부어 놓기도 했어. 것도 내가 의심받지 않도록 명백한 알리바이가 있을 때만 골라서 말이야. 그 새끼는 미치고 팔딱 뛸 노릇이었겠지. 한번은 체육을 마치고 교실로 와 보니까 그 새끼 책상이 엉망이 돼 있었어. 교과서는 갈가리 찢기고 물건은 다 짓밟혀 있고. 그 새끼가 빡돌아서 바로 나한테 오더라? 내 멱살을 잡고 네가 그랬지, 소리를 지르고 난리였어. 근데 어쩌겠냐. 난 체육 시간 내내 저랑 같이 수업을 받고 있었는데.

다른 애들도 애먼 사람 잡지 말라고 내 편을 들었어. 그 새끼는 억울해 미치려고 하고, 난 웃음이 터져 나오려는 걸 참느라 눈물이 날 지경이었지.

진짜 웃긴 건, 우리 지니가 그날 배가 아프다고 체육을 빠지고 교실에 있었거든. 근데 아무도 걔는 의심을 안 하는 거야. 평소 범생으로 살면 이런 게 좋아. 애들이 지니한테 누구 교실에 들어오는 거 못 봤냐고 물었거든? 근데 지니가 배 아파서 화장실에 갔었다고 하니까 철석같이들 믿더라고.

그 난리를 친 뒤로 그 새끼는 이상한 놈으로 찍혀서 왕따를 당했어. 그렇게 한 달쯤 지났을까, 지가 알아서 전학을 간다더라고. 와, 세상에. 아무것도 안 했는데 일이 이렇게 잘 풀릴 수가 있냔 말이지. 나는 남들 몰래 지니를 만나서 그간의 노고를 치하했지. 근데 그제야 지니가 본색을 드러내고 말하더라.

'네 문제 잘 해결됐으니까, 너도 나를 좀 도와줘.'

결국 그거였던 거야. 내 도움이 필요했던 거지. 뭐 그리 어려운 일은 아니었어.

'17일, 오후 6시에 **동에 있는 식당에 가서 밥 먹고 리뷰 영상 찍어 올려 줘.'

꽤 비싼 식당이었는데 밥 사 먹으라고 돈까지 주더라고. 원하는 대로 정해진 시간, 날짜에 가서 영상을 찍고 올렸어. 그때까지만 해도 우리 지니가 아는 가게를 홍보하고 싶은가 보다 했어. 근데 생각도 못한 일이 일어났어. 영상을 올린 뒤에 누군가가 학교 홈페이지에 그 영상 링크를 올렸더라고. 그리고 반응이 폭발했지. 온종일 영상이 아이들 입에 오르내리고, 조회 수가 막 치솟았어. 그리고 얼마 못 가서 선생 하나가 학교를 그만뒀지. 알고 봤더니 내 영상에 그 선생이 찍혔더라고. 가게 한구석에서 연인인 것 같은 사람이랑 데이트를 하는 장면이. 나중에 담임이랑 학생부장이랑 쫓아와서 영상을 내리라고 난리 난리를 치더라고. 내 참. 내가 밥 먹는 거 찍어 올리겠다는데 지들이 뭔 상관인지. 암튼 안 내리면 초상권 침해로 고소한다는데 더럽고 치사해서 그냥 내려 줬어. 어차피 볼 사람 이미 다 봤는데 뭐.

그 둘이 무슨 관계인지, 뭔가 구린 게 있었던 건지, 지니랑 그 사람들은 또 무슨 관계인지 나는 몰라. 솔직히 알 게 뭐야? 학교에 별의별 소문이 다 돌았지만 관심도 없어. 나중에 지니한테 마음에 드는지 물어보고 싶긴 했는데 그러질 못했어. 우리 지니가 그 뒤로 날 보고 알은체도 안 하더라. 피차 아는 사이라는 거 들키지 않는 편이 좋으니까 나도 모르는 척했어.

자, 서론이 길었지? 결론은, 해결 사이트가 이렇게 시작했다는 거야. 나에겐 힘든 일도 전혀 관계없는 누군가에게는 쉬운 일일 수 있다는 데 힌트를 얻어서 만들었지. 내가 누군가의 부탁을 들어주면 다른 누구도 내 부탁을 들어주는 식이지. 한 가지 다른 점은, 해결 사이트에서는 내가 돕는 사람과 나를 돕는 사람이 달라. 일부러 그랬어. 서로 관심 가질 일 없는 게 피차 이로우니까. 이 사이트는 나의 희생, 봉사로 운영되는 거야. 틈새를 노려 초대 링크 보내, 꼬리가 밟히지 않게 흔적을 지워, 시간 맞춰서 공지도 올려, 로그인 암호도 수시로 바꿔, 규칙 안 지키는 애들도 쫓아내. 아우, 힘들다. 그 고생을 해서 남는 게 뭐냐고? 어허, 거 참 야박하네. 꼭 남는 게 있어야 해? 세상은 그렇게 주고받고가 딱 떨어지는 곳이 아니라고. 이런 곳이 존재한다는 이유만으로도 설레지 않아? 두근거리고 흥분되지 않아? 쉬운 일 하나 해 주면 누군가에게 구세주가 될 수 있고, 더불어 내 숙원 사업까지 해결할 수 있다는 거. 세상에 이런 아름다운 공간이 하나는 있어야 된다고 봐.

물론, 가끔 기대되는 의뢰가 있으면 카메라를 들고 예상 장소에 잠복하긴 해. 운이 좋으면 대박 사건이 일어나는 걸 찍을 수도 있거든. 이런 깜짝 영상들이 내 채널의 매력이지. 때로는 예측이 빗나가서 고생만 하고 아무것도 못 건질 때도 많지만 현실이란 원래 그런 거니까 이해해. 나 그렇게 요행을 바라고 사는 사람 아니거든.

지금의 해결 사이트는 베타 테스트 같은 거야. 거점을 중심으로 시스템이 성공적으로 돌아가는지 확인을 해 보는 거지. 앞으로는 더 영역을 넓힐 생각이야. 기왕 하는 거 큰물에서 놀아야 하지 않겠어? 더 많은 사람들이 혜택을 볼 수 있도록.

어때? 관심이 좀 생겨? 해결 사이트에 말이야. 고상한 척하지 말고 너도 들어와. 혹시 알아? 아무한테도 말 못 하고 끙끙 앓는 그 고민, 해결해 줄 사람이 나타날지.

다음 날, 해민이는 학교에 오자마자 도경이와 주영이를 동아리실로 불렀다. 다른 아이들의 눈을 피해 동아리실까지 가는 동안 입이 근질근질한 것을 꾹 참았다. 동아리실로 들어서자마자 참았던 말이 튀어나왔다.

"너희들, 어제 채팅방 봤어?"

주영이가 고개를 마구 끄덕였다.

"봤어. 윤소정 완전 폭주하던데?"

도경이가 물었다.

"난 못 봤어. 어떻게 됐는데?"

해민이는 도경이에게 채팅방을 찍은 사진을 보여 주었다. 대화 내용을 읽은 뒤 도경이의 표정이 심각해졌다.

"무슨 일 있는 건 아니겠지? 소정이 오늘 결석이거든."

"엥? 진짜?"

"응. 오늘따라 늦길래 아까 문자를 보내 봤는데 아파서 결석한다고 했어."

소정이랑 문자를 주고받았다고? 평소에 둘이 문자해? 해민이는 그럴 상황이 아니라는 것을 알면서도 그 부분이 신경 쓰였다.

"진짜 아픈 거 맞아? 무슨 꿍꿍이 있는 거 아니야? 오늘은 담판을 지어야 하는데."

주영이가 인상을 찌푸리자 도경이가 말했다.

"다시 문자 보내서 내일은 올 수 있는지 물어볼까?"

"내가 물어볼게. 어차피 할 말 있다고 해야 하잖아."

해민이는 얼른 그렇게 말하고 휴대폰을 꺼냈다. 소정이에게 개인적으로 연락하는 것은 이번이 처음이었다. 해민이는 몇 번이나 내용을 썼다가 지운 끝에 결국 이렇게 문자를 보냈다.

> 소정아. 나 해민이야. 너 오늘 결석했더라? 몸은 좀 괜찮아? 꼭 해야 할 말이 있어서 그러는데 내일은 학교 나올 수 있어?

소정이에게 답장이 오면 다시 모이기로 하고, 세 사람은 교실로 돌아갔다. 하지만 점심시간이 지나고 종례 시간이 되도록 소정이에게는 답장이 없었다. 방과 후, 세 사람은 아무 소득 없이 동아리실에 다시 모였다.

"전화라도 한번 해 볼까?"

도경이가 물었다.

"그래. 차라리 전화해서 다 말해 버리자. 꼭 얼굴 보고 해야 할 이유는 없잖아."

주영이도 맞장구쳤다. 해민이는 미간을 찌푸렸다.

"전화로 이야기가 잘 될까? 얼굴 보고 하는 게 좋을 것 같은데……."

그때 휴대폰 진동이 부르르 울렸다. 해민이는 서둘러 발신자를 확인했다. 소정이였다.

"어? 잠깐만! 소정이한테 방금 답문 왔어!"

"진짜? 뭐래?"

다들 머리를 맞댄 채로 해민이의 휴대폰 화면을 들여다보았다. 해민이는 소정이의 문자를 소리 내어 읽었다.

"다 필요 없어. 난 오늘 죽을 거니까. 이게 다 김해민 너 때문이야."

불시에 날벼락을 맞은 듯, 아이들은 아무 말도 하지 못

했다.

  해민이와 아이들은 소정이네 담임인 국어 선생님에게 달려갔다. 선생님은 소정이가 보내온 문자를 보더니 안색이 창백해졌다. 서둘러 소정이네 부모님에게 전화를 걸었지만 두 분 모두 전화를 받지 않았다. 그사이 해민이도 소정이에게 전화를 걸었지만 역시 받지 않았다.
"안 되겠다. 소정이네 집에 가 봐야겠어."
국어 선생님은 가방을 낚아채듯 들고 자리에서 일어났다.
"선생님. 같이 가요!"
"저도요."
"안 돼. 무슨 일이 있을 줄 알고 따라와."
선생님이 단호하게 말했지만 아이들은 계속 매달렸다.
"소정이가 저 때문이라고 했어요. 무슨 일인지는 모르지만 정말 소정이가 죽기라도 하면 어떡해요!"
"선생님, 저 소정이네 집 알아요. 가 봤어요. 제가 찾아드릴게요!"
  그렇게 말하며 따라붙는 아이들을 선생님도 더는 말리지 못했다. 사실 더 이상 시간을 지체할 여유가 없었다. 선생님은 달려 내려가면서 119에 신고 전화를 했다.

"학생이 죽겠다고 문자를 보냈는데 빨리 가 주세요. 주소는……."

우르르 내려간 선생님과 아이들은 차에 올랐다.

"다들 안전벨트 매."

선생님은 애써 침착하려 했지만 목소리는 가늘게 떨리고 있었다. 차 키를 쥔 손이 제자리를 찾아가지 못하고 자꾸 엉뚱한 곳을 찔렀고, 몇 번의 시도 끝에 가까스로 시동이 걸렸다. 사나운 소리와 함께 차가 급하게 출발했다. 소정이네 집까지 가는 동안 아이들은 아무 말이 없었다. 해민이는 자꾸 소정이의 문자가 생각났다. 울컥하고 속에서 뜨거운 것이 치밀어 올랐다. 윤소정, 이 바보 같은 게.

소정이네 집은 학교 맞은편에 있는 고급 아파트 단지에 있었다. 출발한 지 5분 만에 아파트 주차장에 다다랐다. 차를 세운 선생님이 말했다.

"204동 802호."

모두 서둘러 차에서 내렸다. 아파트 구조에 익숙하지 않은 해민이는 고개를 쳐들고 정신없이 204동을 찾았다.

"선생님!! 저기요!!"

주영이가 소리쳤다. 주영이의 손가락이 가리킨 쪽으로 모두의 시선이 향했다.

"세상에!!"

해민이는 입을 틀어막으며 멈춰 섰다. 204동 8층 베란다에 소정이의 모습이 보였다. 난간에 기대어 밖을 내려다보고 있었는데, 그 모습만 봐도 눈앞이 아찔했다.

"쟤 뛰어내리려나 봐요! 야, 윤소정. 너 뭐 하는 거야, 야!"

주영이는 소정이를 향해 소리를 지르며 건물로 뛰어갔고, 선생님은 아파트 입구로 뛰었다. 해민이도 도경이와 함께 선생님을 따라 뛰었다. 어느새 아파트 주민들이 204동 주변으로 하나둘 모여들었다. 여기저기서 비명과 고함이 터져 나왔다. 입구로 뛰어 들어간 세 사람은 곧바로 엘리베이터에 올라탔다. 해민이는 온 힘을 다해 닫힘 버튼을 눌렀다. 8층까지 올라가는 동안 심장이 귓가에서 뛰고 있는 것처럼 쿵쿵 소리가 선명하게 들렸다. 엘리베이터 도착음이 신경질적으로 울리고 문이 열렸다. 선생님은 뛰어나가 802호 문 앞으로 갔다.

"소정아! 선생님이야! 문 열어!"

초인종을 마구 누르며 소리쳐도 안에서는 아무런 반응이 없었다. 도경이도 주먹으로 현관문을 쾅쾅 두드렸다.

"소정아! 소정아?"

한걸음 뒤에 선 해민이는 입안이 바짝 말랐다. 우리가 온

걸 알까? 소리가 들리기는 할까? 말이라도 걸 수 있으면 좋을 텐데. 그때, 뭔가 머리를 스치고 지나갔다. 맞아, 위층 베란다에서 소리를 지르면? 해민이는 급히 몸을 돌리고 비상계단을 향해 뛰었다.

"해민아? 어디 가?"

도경이가 물었다.

"위층! 위층 창문에선 보일 것 같아."

그렇게 소리치며 단숨에 9층으로 뛰어 올라갔다. 902호 앞에 도착해서 초인종을 마구 눌렀다. 잠시 후, 902호 문이 빼꼼히 열리고, 아주머니 한 분이 고개를 내밀었다.

"누구세요?"

해민이는 한 손으로 문이 닫히지 않게 잡고, 다급하게 말했다.

"아줌마, 정말 죄송해요. 제 친구가 위험해서요. 저 잠깐만 들어가게 해 주세요."

"그게 무슨 말이야? 넌 누군데?"

아주머니는 양쪽 눈썹을 크게 실룩거리며 해민이를 쳐다보았다.

"제발요, 아줌마! 지금 소정이가 베란다에서 뛰어내리려고 한다고요!"

"소정이? 세상에! 아랫집 학생 말이야?"

아주머니의 눈이 튀어나올 듯 커지더니, 곧바로 문을 활짝 열고 말했다.

"들어와, 어서."

해민이는 인사고 뭐고 무작정 집 안으로 뛰어들었다. 신발을 벗어 던지고 남의 집 거실을 성큼성큼 가로질러 베란다로 직행했다. 새시문을 열어젖힌 뒤, 창틀을 밟고 올라서자 아래가 한눈에 내려다보였다. 까마득한 아래에 제법 많은 사람들이 모여 위를 올려다보고 있었다. 다리가 후들거리고, 난간을 붙잡은 손에 저절로 힘이 들어갔다. 이를 악물고 8층을 보려고 고개를 숙였다. 아슬아슬하게 소정이의 머리 꼭대기가 보였다.

"야, 윤소정!"

해민이가 소리쳤다. 아래쪽에 보이던 머리가 움찔하더니, 사방을 두리번거렸다.

"나 김해민이야! 여기, 위층에 있어!"

소정이의 머리가 위를 올려다보는 것 같더니, 새된 목소리가 날아왔다.

"네가 왜 여기 있어?"

됐다! 내 말이 들리는구나!

"소정아!"

다급한 목소리와 함께, 선생님과 도경이가 달려 들어왔다. 두 사람은 해민이 옆에 나란히 섰다.

"소정아, 선생님이야. 진정하고, 일단 나와서 이야기하자. 응?"

선생님이 아래를 향해 소리쳤다. 9층 아주머니도 떨리는 목소리로 외쳤다.

"소정아. 아이고, 이게 무슨 일이야? 위험하게 거기서 왜 그래?"

하지만, 지금 소정이에게 다른 사람들의 목소리는 아무 소용이 없었다.

"……다 너 때문이야! 김해민!"

해민이는 할 말을 생각하느라 머리에 김이 날 지경이었다.

"내가 왜? 무슨 일인지 우리 얼굴 좀 보고 얘기……."

"네가 내 상을 훔쳐 갔잖아!"

"내가 언제……!"

"아니면 노력도 안 한 네가 어떻게 1등이냐고."

말문이 턱 막혔다.

"내가 얼마나 열심히……. 넌 ……못 하겠지. ……마지못해 했으니까. 애초에 생각도 없었으면서……."

울음 섞인 목소리가 제대로 들리지 않아서 난간 가까이 몸을 바싹 가져다 댔다.

"절실하지도 않은 네가! 어떻게 네가! 베낀 거 다 알아!"

해민이는 화가 났다. 다리가 후들거리는 걸 참으며 저를 살려 보겠다는 사람한테, 돌아오는 게 이거야? 나야말로 너한테 따져 묻고 싶은 게 얼만지 알아? 그리고 네가 봤어? 내가 베끼는 거 봤냐고! 목구멍까지 치고 올라온 말들이 튀어나가려고, 자꾸 입술이 달싹거렸다. 그때, 어깨 위로 도경이의 손이 올라왔다.

"해민아, 일단은 들어 줘. 지금 소정이를 자극하면 안 돼."

어깨 위에 얹어진 손이 묵직했다. 해민이는 하아 하며 허공을 향해 머리를 쳐들었다가 숙였다. 가슴이 계속 방망이질 쳤다.

그때 사이렌 소리가 들렸다. 모두가 일제히 소리가 들린 쪽으로 고개를 돌렸다. 구급차의 모습이 보이진 않았지만 사이렌 소리가 점점 커지고 있었다.

"어머, 119! 119 왔다!"

9층 아주머니가 난간 너머로 고개를 빼고 소리쳤다. 선생님도 고개를 빼고 도로를 살피다가 아주머니를 향해 작은 목소리로 말했다.

"아주머니. 여기서 소정이한테 계속 말 좀 걸어 주세요. 다른 생각 못 하게. 저 119 올라오면 바로 아래층에서 문 따고 들어갈게요."

아주머니는 비장한 표정으로 고개를 끄덕였고 선생님은 몸을 돌려 아래층으로 향했다. 9층 아주머니는 다급히 휴대 전화를 두드리며 난간 너머로 소리쳤다.

"소정아. 아줌마가 엄마 불렀어! 엄마 지금 오고 있어. 무슨 일인지 들어와서 엄마랑 얘기하자, 응?"

갑자기 아래쪽이 소란스러워지더니, 여기저기서 비명 소리가 울려 퍼졌다. 해민이와 도경이, 9층 아주머니는 동시에 아래를 내려다보았다. 히익. 비명이 터져 나오려는 것을 간신히 참았다. 난간을 움켜쥔 도경이의 팔뚝에 파란 핏줄이 터질 듯 불거져 나왔고, 9층 아주머니는 달달 떨리는 손으로 휴대 전화를 눌러 댔다.

해민이는 이를 악물고 다시 아래를 내려다보았다. 잠깐 사이 소정이는 난간을 넘어가 아파트 바깥쪽을 딛고 서 있었다. 집 안을 바라보고 선 소정이가 고개를 들어 올렸다. 눈물 범벅이 된 얼굴에 죽은 사람처럼 생기 없는 눈이 해민이를 스치고 지나갔다. 소정이는 바깥을 향해 몸을 돌리려는 듯 발을 고쳐 디딘 뒤, 난간을 잡은 한쪽 손을 놓았다. 천천히 몸이 돌아서고 놓은 손으로 다시 난간을 잡을 때까지, 그 모습을 지켜보던 모두는 비명을 눌러 삼켰다.

소정이가 완전히 바깥을 향해 서자, 해민이의 눈에는 소정이의 뒤통수만 보였다. 뭐라고 말을 하는 것 같은데 잘 들리지 않았다. 최대한 몸을 숙이고 귀를 기울였다.

"남은 건 이것뿐이었는데. 내 거야. 도둑맞았어."

해민이는 눈을 질끈 감았다 떴다. 사이렌 소리가 발밑에서 울렸다. 장난감 같은 구급차와 경찰차가 언뜻 보였다. 저 사람들이 늦지 않게 도착할 수 있을까. 9층 아주머니는 휴대전화에 대고 연신 소리를 지르고 있었다.

"애가 지금 뛰어내리려고 해요! 안 오고 뭐 하는 거예요!"

누군가 전화를 받긴 받았나 보다. 누굴까. 당장 와서 나 대신 여기 서 있어 줬으면 좋겠다. 해민이는 도망가고 싶다는 생각을 떨쳐 내려고, 크게 심호흡을 했다.

"너만 아니면 애초에 그런 사이트……. 멍멍아, 미안해. 이제 다 들킬 거야. 난 자격이 없어. …… 엄마, 아빠 미안해요."

소정이의 목소리는 흐느끼는 것에 더 가까웠다. 무엇이 소정이를 이 지경으로 밀어붙이는지는 알 수 없어도, 상을 도둑맞은 거라고 믿고 싶을 정도로 절박하다는 것은 알겠다. 지금까지 쏟아진 원망들 중에 딱 한 가지는 인정할 수 있었다. 자신은 상 받는 일에 이토록 절실해 본 적이 없었다. 하지만 그 이유는 상을 원하지 않아서가 아니었다.

'상보다 내 목숨이 귀하니까 그런 거야, 이 멍청아.'

그깟 상 못 받아도, 자신에게는 울며불며 바보짓을 함께 해 주는 친구가 있었고, 동네 사람들의 편견과 몰이해에 함께 맞설 이웃이 있었으며, 맛있는 반찬이 하나 남으면 안 팔고 따로 빼놓는 엄마가 있었다. 이제 확실히 알겠다. 번듯하고 높은 집에 산다고 다 행복한 건 아니라는 것을.

'눈 딱 감고 한 번만 도와줄게. 너처럼 열심히 사는 애가 정말 죽고 싶을 리가 없어. 살아. 살아서 잘못한 거 반성해야지.'

해민이는 난간을 잡은 두 손을 다시 고쳐 쥐었다. 손이 아프도록 힘을 주고, 고개를 숙였다. 정말 억울하고 열받지만 지금 윤소정을 돌릴 수 있는 말이라면 이것뿐일 거다. 숨을 깊이 들이마시고 온 힘을 다해 외쳤다.

"내가, 표절했어!"

아래에서 올라오던 울음 섞인 소리가 뚝 끊겼다. 순간 공기가 딱 멈춰 버린 것처럼. 들었나? 다시 한번 외쳤다.

"윤소정! 내가 표절해서 대상 받은 거라고! 그거 다 베낀 거야. 내가 그렇게 잘 쓸 리가 있냐? 어디서 베낀 건지 가르쳐 줄까? 들어오면 말해 줄게."

또다시 정적, 표정이라고는 없는 소정이의 정수리가 답답했다. 그때 갑자기 그 정수리가 돌아보려는 듯 움찔거렸고 해민이는 주저앉으며 몸을 숨겼다. 아래 상황을 알 수 없는, 영원 같은 찰나가 지나갔다. 조금씩 웅성웅성 동요하는 사람들의 소리가 들렸다. 도경이가 아래를 내려다보며 신음 소리 같은 숨을 내뱉었다. 어우 됐다, 됐어, 하고 9층 아주머니가 흥분해서 말했다. 쿵. 묵직한 것이 바닥을 내딛는 소리가 들리고 발소리가 점점 희미하게 멀어졌다.

"하, 됐어. 소정이 들어갔어."

도경이가 돌아보며 말했다. 잠깐 사이에 할아버지처럼 목소리가 쉬어 버렸다.

"다…… 행이다. 우리도…… 얼른 내려가 보자."

해민이는 그렇게 말하고 일어나 움직였다. 아니, 그랬다고 생각했다. 하지만 잠시 후, 자신은 거실 바닥에 주저앉아 있었다. 이제 보니 거실 바닥에는 뽀로로 매트가 깔려 있었다. 빨강, 파랑, 노랑의 총천연색 매트가 눈앞에 아롱거렸다. 제대로 좀 보일까 싶어 눈을 세게 감았다 떴다. 소용없었다. 곧 도경이가 눈앞으로 다가왔다. 무릎을 꿇고 앉더니, 두 팔을 벌려 해민이의 어깨를 감싸안았다.

"잘했어."

계단을 통해 8층으로 내려갔다. 소방대원 한 분이 현관을 지키고 서 있었고 활짝 열린 문 안으로 엉엉 우는 소정이, 그런 소정이를 꼭 끌어안고 있는 국어 선생님이 보였다. 해민이와 도경이는 그 옆에 가서 섰다. 선생님 품에 안겨 있던 소정이가 고개를 들더니, 눈물 콧물이 범벅된 얼굴로 해민이를 올려다보았다. 해민이는 통통 부은 소정이의 눈을 똑바로 보며 말했다.

"1등 아니어도 상관없어, 바보야. 난 너 글 잘 쓴다고 생각해."

듣고 있는 건지 초점 없는 눈동자가 살짝 흔들렸다. 딱 그 말만 하려고 했는데, 자기도 모르게 다음 말이 튀어나왔다.

"그리고 나 표절 안 했어."

소방대원들은 구경이라도 난 듯 현관 앞을 기웃거리는 주민들을 쫓아내느라 바빴다. 해민이는 주영, 도경이와 함께 소정이네 거실에 모여 앉아 있었다. 잠시 후 소정이의 엄마가 달려왔다. 하얗게 질린 소정이 엄마는 들어오자마자 소정이를 끌어안았다. 소정이의 손을 꼭 잡고 놓지 않던 선생님은 그제야 자리를 내주고 물러났다.

　얼마 지나지 않아 소정이네 아빠도 헐떡이며 현관으로 들어섰다. 얼굴에 땀이 비 오듯 흐르는 와중에 갖춰 입은 정복의 단추가 나란히 줄을 맞추고 있었다. 소정이 아빠는 거실에서 서로를 끌어안고 우는 모녀 앞에 멈추어 섰다. 화가 난 건지, 슬픈 건지, 당황스러운 건지 알 수 없는 표정으로 그들을 멍하니 쳐다보았다. 곧 소방관과 선생님이 소정이네 아빠에게 다가갔다. 스스로를 무슨 경찰서장이라고 소개한 소정이 아빠는 중요한 행사에 참석하느라 연락을 늦게 받았다고 말했다. 세 사람은 한참 동안 이야기를 나누었다. 소정이 아빠는 주로 듣는 쪽이었고 한 번씩 낮은 목소리로 네네 하고 대답했다. 그사이 해민이는 친구들과 작은 소리로 속닥거렸다. 이야기가 끝난 후, 선생님은 아이들을 찾았다.

"우린 그만 가자."

　세 사람은 선생님에게 이끌려 인사도 하는 둥 마는 둥 그 집을 나왔다.

　선생님은 모두를 집까지 태워다 주며 소정이와 무슨 일이 있었는지 물었다. 해민이는 친구들과 몰래 눈빛을 주고받았다. 사실 아까 선생님이 소정이를 달래는 틈을 타서 말을 맞추어 놓았다. 해결 사이트에 대해서는 당분간 비밀로 하기로.

소정이가 해민이에게 자꾸 예민하게 굴어서 그러지 말라고 이야기를 할 참이었다, 오늘 결석을 했길래 문자를 보낸 건데, 저런 내용이 와서 우리도 놀랐다는 말을 듣고 선생님은 더 묻지 않았다. 평소 소정이의 1등 강박에 대해 잘 알고 있는 데다 오늘 일로 너무 지쳐 버려 생각할 여력이 없는 탓일 것이다.

집으로 돌아온 해민이는 저녁밥이 어디로 들어가는지 모를 지경이었다. 걱정하는 엄마에게 일찍 잔다고만 해 두고 방으로 들어와 누웠다. 몸이 가라앉을 듯 피곤했지만 잠이 오지 않았다. 눈을 감을 때마다 난간에 매달린 소정이의 모습이 어른거렸다. 두 손으로 양쪽 관자놀이를 꾸욱 눌렀다. 컴퓨터 전원을 누르듯, 여기를 꾸욱 눌러서 생각이 강제 종료되면 좋을 텐데. 끔벅끔벅 눈을 감았다 떴다를 반복했다.

'그래도, 아무 일 없어서 정말 다행이야.'

눈을 감기 전에 든 마지막 생각이었다.

16

 믿기지 않게도, 중간고사는 당연하게 치러졌다. 소정이는 또 결석을 했고, 해민이와 아이들은 눈앞에 닥친 시험 때문에 다른 걱정거리들은 잠시 덮어 두어야 했다. 첫날 시험을 마치고 도경이가 해민이와 주영이를 찾아왔다.
 "왜?"
 "잠깐 동아리실로 가자."
 두 사람은 영문을 모른 채 따라갔다. 도경이는 동아리실에 도착하자마자 휴대폰을 내보이면서 말했다.
 "해결 사이트가 사라졌어."
 "엥? 뭐라고?"
 모두 놀란 얼굴로 휴대폰 화면을 들여다보았다.

"어제 집에 가자마자 들어가 봤어. 일단 소정이 의뢰를 완료했다고 올리려고. 근데 채팅방이 없었어."

어제까지 멀쩡하던 채팅방이 사라졌다. 예전의 링크로는 아무것도 연결되지 않았다. 원래부터 없었던 것처럼.

"정말이네?!"

"운영자가 없애 버린 것 같아."

"그때, 소정이가 자기 아빠가 경찰이라고 했는데, 그래서 겁먹은 걸까?"

"근데, 이제 신고는 어떻게 하지? 증거도 없는데 누가 이런 말도 안 되는 소리를 믿어 주겠어?"

세 사람은 마주 보며 한숨을 쉬었다.

사흘 동안 이어진 중간고사가 끝나자마자 해민, 주영, 도경이는 쪼르르 유나 언니의 카페로 갔다. 이유는 앞으로 어떻게 해야 할지를 논의하자는 것이었지만 다들 맥이 풀려 버려서 생과일주스만 들이켰다.

"차라리 잘됐어. 지금 신고했으면 소정이가 곤란해졌을 거야. 걔네 집 분위기 장난 아니더라. 소정이가 한 짓 알면 정말 무슨 일 날 것 같아."

주영이가 말했다.

"죽고 싶을 만큼 힘들어했다는 거 알고 나니까 안됐더라. 누렁이한테 미안하다고 하는 것도 들었어. 많이 후회하고 있겠지?"

해민이가 말했다.

"그래도 그냥 용서하면 안 된다, 너? 윤소정이 좀 나아져서 학교에 오게 되면 확실히 사과 받아."

"당연하지. 누렁이는 물론이고 나한테 한 짓도 다 사과해야지. 해결 사이트 문제는 그때까지 보류하는 걸로 하자."

"누렁이를 죽여 달라고 한 사람은 꼭 잡고 싶었는데. 누가, 왜 그런 걸까?"

도경이 말에 주영이가 팔짱을 척 끼며 말했다.

"내가 생각해 봤는데, 범인은 개 공포증이 있는 도둑 아닐까? 그, 울타리 있는 할아버지 집을 노리고 있는데 개가 짖어서 못 들어가니까 없애려고 한 거야."

해민이는 덩달아 팔짱을 척 끼며 장단을 맞추었다.

"그럴 듯해. 유나 언니가 집 근처에서 수상한 사람을 봤다고 했거든. 그때도 누렁이가 엄청 짖었대."

"오? 그럼 해민아. 그 할아버지 집에 도둑 들지 않았어? 딱 도둑이 들 타이밍인데?"

"그런 말은 못 들었는데?"

범인 찾기에 골몰하던 해민이와 주영이는 금세 맥이 풀렸다.

"아무튼 나쁜 놈. 천벌 받을 거야."

"그래. 누군지 모르지만 지옥에나 가 버려랏!"

"너희들 누렁이 이야기하는 거야?"

유나 언니의 목소리였다. 언니는 뭔가를 들고 테이블로 다가왔다.

"앗, 언니. 너무 시끄러웠죠? 죄송해요."

"괜찮아. 누렁이 얘기는 들었지? 다음 주면 퇴원할 수 있대."

"으에에엑?"

아이들의 입이 동시에 딱 벌어졌다.

해민이는 내가 뭘 잘못 들은 건가 의심하며 물었다.

"퇴원요? 누렁이 죽은 거 아니었어요?"

언니는 무슨 소리냐는 듯 말했다.

"누렁이가 죽긴 왜 죽어. 너희 여태 그런 줄 알았어?"

"누렁이 쥐약 먹어서 죽었다고, 그때 용이 할머니가……?"

"쥐약을 먹은 건 맞는데 소량이라 생명엔 지장 없대. 할아버지가 병원에도 빨리 데려가셨고."

"정말요? 전 할아버지도 며칠째 안 보이시고 해서……."

"할아버지는 누렁이 입원시키고 걱정돼서 거기 눌러앉으셨다더라. 아들이 동물병원 수의사라던데? 오늘 집에 잠깐 들르신 거 출근하다 봤어."

"어후우우우. 진짜 다행이다."

코끝이 찡하고 눈가가 촉촉해졌다. 깜짝 카메라에 속은 것 같은 기분이었지만 누렁이가 살아나는 깜짝 카메라라면 수백 번이라도 속아 줄 수 있었다. 도경이와 주영이도 자기 일처럼 기뻐했다.

"셋이서 누렁이 걱정하느라 그렇게 심각했던 거야? 그러고 있으니까 완전 친해 보이는데?"

언니 말에 다들 같은 생각을 했는지 서로를 쳐다보며 웃었다. 언니는 쿠키가 담긴 접시를 내밀며 말했다.

"이거 한번 먹어 봐. 가게에서 구운 건데, 맛 괜찮으면 메뉴에 넣어 보려고."

"우와, 맛있겠다."

"감사합니다. 잘 먹을게요."

다들 환호를 하며 쿠키 접시로 모여들었다. 맛있다를 연발하며 쿠키를 먹는 모습이 걱정 없는 여느 중학생들 같았다. 세 사람은 누렁이가 무사해서 다행이라고 환호하기도 하고 중간고사 결과는 언제쯤 나올까를 걱정하기도 하며 끊임없이 재잘거렸다.

목이 아플 정도로 수다를 떨다가 친구들과 헤어져 집으로 돌아온 해민이는 저물녘이 되어서야 아주 중요한 것을 잊고 있었다는 것을 깨달았다. 휴대폰을 뒤져 소정이의 번호를 찾았다. 소정이와 처음이자 마지막으로 주고받았던 문자가 그대로 남아 있었다. 다시 보니 또 가슴이 먹먹했다. 해민이는 정성껏 새로운 문자를 썼다.

> 소정아. 안녕. 나 해민이야. 좋은 소식 전해 줄게. 누렁이(하얀 울타리 집 노란 멍멍이 말이야) 죽지 않았어. 병원 가서 치료받았고 다음 주면 퇴원할 수 있대.

그대로 보내려고 하다가 한 줄을 덧붙였다.

> 나중에 같이 보러 가자. 잘 지내.

그리고 전송 버튼을 눌렀다.

그 뒤로 며칠이 지나고, 몇 주가 더 지났지만 아직 해결 사이트의 흔적을 찾진 못했다. 중간고사 이후 해민이, 도경이, 주영이는 번갈아 가며 상담 선생님의 호출을 받았다. 아이들은 한사코 괜찮다고 했지만 상담 선생님의 입장은 단호했다.

소정이 사건이 트라우마로 남을 수 있다며 남은 2학기 내내 상담을 받으라고 했다. 그리고 소정이는 쭉 결석 중이다. 소정이가 학교에 나오지 못하는 동안 출처를 알 수 없는 소문이 돌았다. 소정이네 엄마 아빠가 1등을 못 하면 애를 때렸다더라. 그래서 둘 다 아동 학대로 잡혀갔고, 소정이는 병원에 입원해서 치료를 받는다더라. 소문은 꼬리에 꼬리를 물며 별의별 흉흉한 내용이 덧붙여졌다.

"선생님. 소정이, 정말 병원에 있어요?"

아이들이 심각하게 묻자 국어 선생님은 쓴웃음을 지으며 말했다.

"아냐. 그거 다 헛소문이야. 걱정하지 마. 소정이는 지금 부모님이랑 같이 전문 상담을 받고 있거든. 당장 학교에 나오는 건 힘들겠지만 조금 기다리면 다시 볼 수 있을 거야."

"정말요? 다행이다."

해민이는 진심으로 안도했다. 그리고 잠시 고민하다가 다시 물었다.

"선생님. 그런데 소정이 부모님이요. 진짜로 어떤 분들이에요?"

이 질문에 선생님은 잠시 머뭇거리다 이야기했다.

"한마디로 말하기는 힘들어. 소정이 부모님은 두 분 다 꽹

장히 훌륭한 분이시고 소정이를 많이 사랑하시지. 하지만 평소 소정이에 대한 기대가 너무 컸고, 그런 부분이 아이를 힘들게 할 수 있다는 생각을 못 하셨던 것 같아. 때로는 사랑이라는 이름으로 다른 사람에게 상처를 줄 수도 있는 건데. 모두 이번 기회에 많이 반성했고, 또 소정이를 위해 노력하고 있으니까…… 시간이 지나면 좋아질 거라고 믿어."

선생님의 말투는 담담했지만 얼굴에 안타까운 마음이 묻어났다. 해민이는 해결 사이트에 대해 끝내 선생님에게 말하지 않은 것이 잘한 행동인지 확신이 서질 않았다. 다만 그 문제에 대해 책임감이 생겨 버려서, 또다시 그 망할 사이트가 나타난다면 반드시 자기 손으로 뿌리를 뽑고 말 거라는 다짐을 했다.

중간고사 결과는 생각보다 빨리 나왔다. 정신이 다른 데 팔려 있었으니 시험 결과는 뻔했다. 놀랍게도 그 와중에 도경이는 시험을 잘 쳤다. 주영이와 해민이가 배신이라며 눈을 부라렸지만 도경이는 멋쩍게 웃을 뿐이었다. 해민이는 시험 성적이 좋지 않은 자신을 너그럽게 용서하기로 했다. 그동안 너무 많은 일이 있었고 거기에 집중해야 했으므로 어쩔 수 없지 않은가. 물론 엄마의 생각은 해민이와 달랐다.

"도경이는 전학 오자마자 시험을 저렇게 잘 쳤는데. 너는 같이 과외 받아 놓고 왜 성적이 더 떨어져!"

해민이는 기다렸다는 듯 엄마의 눈앞에 문예 대회 상장을 내밀었다. 이걸 이제야 말하는 데에 절대 다른 의도는 없었다. 상장을 받은 다음에 말하려던 것이 예상보다 늦어졌을 뿐이다. 상장은 놀라운 효과를 발휘하며 엄마의 잔소리를 멈추게 했다.

주영이는 기사를 준비해야 한다며 날마다 해민이를 닦달했고 해민이는 마지못해 인터뷰에 응했다. 인터뷰 기사를 제출한 주영이는 신문 편집부에 당당하게 합격했다. 도경이와 해민이는 자신의 일처럼 기뻐했고, 얼마 후 학교 신문에 기사가 실려 나왔다. 해민이는 너무 부끄러워서 제대로 볼 수가 없었던 반면 주영이는 자신의 기사가 활자화되어 나오자 한껏 가슴이 부풀어 올랐다.

"기대해. 이제부터 최 기자의 전성시대가 열릴 테니."

거짓말 같던 사건들을 뒤로하고, 모든 생활이 스르르 제자리로 돌아왔다. 해민이는 여전히 적당히 소심하고, 적당히 눈치를 보고, 적당히 독립적으로 산다. 주영이에게 속마음을 털어놓았다고 해서 갑자기 만천하에 자신을 드러낼 자신이 생긴 건 아니다. 아직도 친구들 사이에서 아빠 이야기가 나오면 딴청을 부리다가 슬쩍 말을 돌리곤 한다. 하지만 그럴 때마다 느끼던 죄책감과 자괴감은 많이 희미해졌다. 이제 그런 건 중요하지 않다. 지금, 여기서 중요한 것은 어제의 김해민보다 오늘의 김해민이 더 마음에 든다는 거다. 더해서, 내일의 김해민이 다시 쭈글하고 못나게 굴어도 참고 기다려 줄 마음이 있다는 거고. 그거면 됐다.

"해민아, 유나 언니네 카페 가자. 도경이가 생과일주스 쏜대. 나 첫 기사 나온 기념으로."

종례를 하자마자, 주영이가 불쑥 고개를 내밀며 말했다.

"그래? 좋지. 근데 주스 가지고 되겠어? 혼자 시험 대박 났으면 쿠키도 사야지."

해민이가 가방을 챙기며 말했다.

"그래. 쿠키도 사라고 하자. 빨리 가방 챙겨. 중앙 현관에서 기다린댔어."

"알았어."

"그리고 말이야."

주영이가 갑자기 입가에 손을 가져다 대고 목소리를 낮춰 말했다.

"내 눈치 보여서 그러는 거면 신경 안 써도 된다?"

"응?"

해민이는 무슨 소린지 몰라 멍청한 표정을 지었다. 주영이는 웃으며 해민이의 등을 찰싹 때렸다.

"둘이 사귀어도 된다고. 챙겨서 내려와. 중앙 현관에 있을게."

입이 딱 벌어진 해민이를 남겨 두고 주영이는 쪼르르 뒷문으로 사라졌다. 해민이는 얼굴이 태양초 고추장처럼 빨갛게 달아올랐다. 하여간, 최주영. 쓸데없는 소리를 해 가지고. 한참 만에 교실 문을 나서서 미적미적 계단을 내려갔다. 저만치서 주영이와 도경이가 자신을 돌아보며 웃는 모습이 보였다. '오, 해민이다. 호랑이도 제 말 하면 온다더니.' 같은 말을 하면서.

해민이는 친구들과 현관을 나섰다. 주영이가 말을 하면 도경이가 받아치고, 또 해민이가 까르르 웃으며 학교를 걸어 나갔다. 지금이 무척이나 즐겁고 편안해서 아주 오랫동안 이렇게 어울렸던 사이였던 것 같았다. 그리고 앞으로도 오랫동안 그러기를 바랐다.

제○호 2020년 ○○월 ○○일

지금 우리 가림중은

 교내외 소식을 발 빠르고 정확하게 전하는 '지금 우리 가림중은'의 최주영 기자입니다. 요즘 공공장소에서 타인의 모습을 몰래 촬영해 유포하는 범죄가 기승을 부리고 있죠? 지난 3일(금) 가림 중학교 인근 카페에서도 이와 같은 끔찍한 일이 일어났습니다. 수상한 남자가 불법 촬영을 하다가 발각되자 난동을 부리다 도주한 사건인데요. 범인은 평소 해당 카페를 자주 이용하였고 특별히 눈에 띄는 행동을 하지 않았기 때문에 카페 사장님(24세, 여)은 그를 평범한 단골로 여겼다고 합니다. 하지만 카운터를 힐끔거리거나 휴대 전화를 카페 사장님 방향으로 고정해 두는 등의 행동을 수상하게 여긴 가림 중학교 학생들에게 결국 덜미를 잡혔습니다. 범인은 학생들의 증언에도 한사코 범행을 부인하다가 다른 손님들의 추궁이 이어지자 테이블을 뒤집어 엎고 도주하였습니다.

 또한 익명의 학생들은 범인이 카페를 드나드는 소형견들에게 무척 예민하게 반응했다는 점과 카페 사장님의 집 주변에 최근 수상한 사람이 기웃거렸다는 점을 미루어 볼 때, 그가 얼마 전 일어난 누렁이 쥐약 테러 사건을 사주한 범인일 가능성이 있다고 보고 있습니다.

신고를 받고 출동한 경찰은 범인의 인상착의를 토대로 주변 상가에 검문을 강화하고 있다고 합니다. 범인은 10대 후반에서 20대 초반으로 추정되는 남성으로 평범한 체형에 어두운 색상의 옷에 야구 모자로 얼굴을 가릴 때가 많습니다. 경찰에서는 학생들이 많이 이용하는 PC방이나 코인 노래방, 카페 등에도 범인이 나타날 수 있으며 수상한 사람을 발견했을 때 함부로 접근하면 피해를 입을 수 있으니 일단 신고를 먼저 해 달라고 당부하였습니다.

아울러 요즘 오픈 채팅방 등을 통해 소원을 들어준다는 둥, 문제를 해결해 준다는 둥 학생들을 현혹하는 내용의 링크를 보내는 경우가 있습니다. 이러한 링크에 함부로 접속하면 생각지도 못한 범죄에 말려들 수 있으니 각별히 주의하시기 바랍니다. 또한 수상한 링크를 발견할 경우 가림 중학교 신문 편집부로 제보 부탁드립니다.

— 최주영 기자

작가의 말

 기회만 주어지면 그까짓 거 술술 써 버리겠다고 다짐했던 작가의 말을 쓰기 위해 몇 시간째 컴퓨터 앞에 앉아 있습니다. 역시 세상에 쉬운 일은 없는 모양입니다.

 『오늘의 의뢰: 너만 아는 비밀』은 아이들에게 위로가 되는 글을 쓰고 싶다는 마음에 여러 가지 궁금증이 더해져 만들어졌습니다. 사람마다 능력과 상황이 다 다르니까, 내겐 어려운 문제도 누군가에겐 쉬운 것이 될 수 있지 않을까? 이를테면 '재능 기부'처럼 자신 있는 무언가를 내주고 또 받을 수 있지 않을까. 온라인 공간을 통해 많은 사람들이 모이면 이런 '거래'가 더 활발해지지 않을까. 그런데, 불특정 다수가 익명으로 활동하는 곳에서 과연 '무해한' 소원만이 거래될까?

저는 어릴 때부터 SF, 장르 소설을 통해 각종 버전의 디스토피아적 미래를 그려 보았습니다. 그래서인지 글을 쓰면서 소설 속 '해결 사이트'가 비윤리적이고 폭력적인 방향으로 흘러가는 것이 필연이라 느꼈고, 이 이야기가 슬프게 끝나 버릴지도 모른다는 걱정도 했습니다. 그리고 (기쁘게도) 소설의 결말을 통해 내가 개인의 선의와 인간의 유대를 믿는 사람이었구나, 하는 것을 깨달았습니다. 글을 완성해 가는 모든 과정이 귀하고 소중했다는 것을 다시 한번 느낍니다.

혼자 끄적거려 놓았던 글이 책으로 완성되기까지 애써 주신 모든 분들, 특히 부족한 원고에 귀한 의견 보내 주셨던 이혜선 님과 편집부 분들께 감사드립니다. 글을 쓰는 동안 소중한 시간을 기꺼이 내 주고 설레고 기쁜 마음을 나누어 준 가족들에게도 사랑과 감사의 말을 전합니다.

2025년 여름,
김성민

창비교육 성장소설 14

오늘의 의뢰: 너만 아는 비밀

초판 1쇄 발행 2025년 8월 20일
초판 3쇄 발행 2025년 10월 20일

지은이 • 김성민
펴낸이 • 황혜숙
편집 • 이혜선
펴낸곳 • (주)창비교육
등록 • 2014년 6월 20일 제2014-000183호
주소 • 04004 서울특별시 마포구 월드컵로12길 7
전화 • 1833-7247
팩스 • 영업 070-4838-4938 | 편집 02-6949-0953
홈페이지 • www.changbiedu.com
전자우편 • contents@changbi.com

ⓒ 김성민 2025
ISBN 979-11-6570-357-8 43810

* 이 책 내용의 전부 또는 일부를 재사용하려면
  반드시 저작권자와 (주)창비교육 양측의 동의를 받아야 합니다.
* 책값은 뒤표지에 표시되어 있습니다.

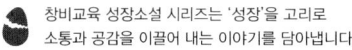

창비교육 성장소설 시리즈는 '성장'을 고리로
소통과 공감을 이끌어 내는 이야기를 담아냅니다.